Pointes sèches

Philippe MEYER

Pointes sèches

Seuil

EN COUVERTURE :
Dessin de Plantu

ISBN 2-02-022508-5
(ISBN 2-02-014595-2, 1re publication)

© Éditions du Seuil, avril 1992

Le Code de la propriété intellectuelle interdit les copies ou reproductions destinées à une utilisation collective. Toute représentation ou reproduction intégrale ou partielle faite par quelque procédé que ce soit, sans le consentement de l'auteur ou de ses ayants cause, est illicite et constitue une contrefaçon sanctionnée par les articles 425 et suivants du Code pénal.

A Jean-Jacques Sempé et à Jean Plantu

Au crapaud

François
MITTERRAND

Monsieur le président de la République, à quoi bon ajouter quelques feuillets aux milliers de pages imprimées, issues de longues études par lesquelles de perspicaces auteurs scrutent votre caractère et ses méandres et décortiquent votre ascension et ses miracles ? Au bord de me jeter dans cette entreprise au-dessus de mon âge, j'ai eu un réflexe salvateur, dans lequel vous reconnaîtrez les effets d'un enseignement qui vous est cher (et que, cependant, vous avez achevé de détruire), ces « humanités » qui précédaient jadis le bachot : je me suis tourné vers un illustre ancien, Montesquieu, pour chercher auprès de lui lumière et consolation

Je le trouvai d'abord d'une certaine indulgence. Rappelez-vous, me dit-il, que « ce ne sont pas les hommes qui sont petits, ce sont les affaires qui sont grandes ». Mais bientôt, comme je m'étonnais qu'un homme de sa vertu ne soit pas plus chagriné par le libre cours qu'a trouvé le cynisme sous votre règne, l'auteur de *L'Esprit des lois* revenait à sa sévérité coutumière : « Il est vrai qu'il y a de mauvais exemples qui sont pires que des crimes et plus d'États ont péri parce qu'on a violé les mœurs que parce qu'on a violé les lois. » Comme je plaidais que la longévité d'un seul homme au pouvoir ne pouvait manquer, ici et là, de permettre à quelques-uns d'abuser de son nom et de se tailler des positions immméritées, le baron de La Brède me parut froncer le sourcil : « Quand, dans un royaume, il y a plus d'avantages à faire sa cour qu'à faire son devoir, tout est perdu. »

Percevant chez mon glorieux interlocuteur une obstination quasi janséniste qui n'était pas sans évoquer l'entêtement de votre vieil adversaire Mendès France, je tentai une diversion et fis valoir avec quelle application, après en avoir essayé tant, vous passiez aujourd'hui pour vous consacrer à rechercher pour votre gouvernement un nouveau chef, capable d'élan et de fracas. Montesquieu soupira. Il ne paraissait guère fonder d'espérance sur votre désignation du prochain locataire de Matignon. « Il faut que le prince se mette dans l'esprit que le choix de ses ministres n'est pas une affaire de goût mais de raison et qu'un homme qui lui plaît n'est pas ordinairement plus habile homme qu'un homme qui ne lui plaît pas. »

Je sentais bien que le renommé publiciste n'était pas loin de considérer, comme tant d'autres aujourd'hui, que vous rendriez au pays un signalé service en remettant à d'autres les guides du char de l'État et en n'escaladant plus la roche de Solutré que pour le bénéfice de vos méditations. Je me doutais que le père des principes de nos institutions n'avait pas dû vous voir d'un bon œil gravir ce roc avec, chaque Pentecôte, une

escorte qui semble, un peu plus que l'année d'avant, échappée du Casino de Paris. Mon pressentiment n'était pas faux. « Dans toute magistrature, il faut compenser la grandeur de la puissance par la brièveté de la durée. »

Au-delà de l'affirmation de cette règle, il m'apparut que Montesquieu gardait par-devers lui un motif de mauvaise humeur, voire de colère. Je le lui arrachai : « Il réussit médiocrement dans le gouvernement de l'intérieur, me lâcha-t-il à votre sujet, et, pendant qu'il traite avec supériorité avec les rois, il est la dupe éternelle de ses courtisans. » Les courtisans, encore ! Quelle obstination ! Mais pourquoi diable faudrait-il, monsieur le philosophe, que notre président soit, plus qu'un autre de ses prédécesseurs, si sensible à cette race corrompue et corruptrice ? « Il a un souverain mépris pour tous les hommes et il ne connaît point cette distance infinie qu'il y a entre l'honnête homme et le méchant, et tous les différents degrés qui sont entre ces deux extrémités. »

Il était temps de rompre, monsieur le président : on n'est pas avocat devant Montesquieu. Aussi me repliai-je sur une position préparée à l'avance et, remerciant le grand homme pour ses remarques si bien frappées, j'aventurai une banalité conclusive, quelque chose comme (pardon de la pauvreté de l'inspiration !) « qui vivra verra, il faut donner du temps au temps »... Je finissais mon salut sur cette phrase passe-partout, lorsque la bouche impitoyable laissa tomber, en guise d'ultime parole : « Les desseins qui ont besoin de beaucoup de temps pour être exécutés ne réussissent presque jamais. »

Devant tant d'inflexibilité, que pouvais-je faire d'autre que de renoncer à prendre Montesquieu pour guide ?

Peut-être même devais-je abandonner mon projet de vous peindre ? Tournant et retournant ces interrogations, contemplant les mille et une notes accumulées pour rédiger un portrait dont je devinais que la toile n'était pas près d'être enclouée, je restais là, plume en l'air.

Allons, courage, retirons-nous en bon ordre et sur la pointe des pieds, vous laissant à la tranquillité d'une méditation sur le déclin du jour. Autour de vous, un froid nouveau saisit et inquiète. Voilà qui rend vos gens nerveux. Ils n'aiment pas que les frontières s'estompent entre l'ombre et la lumière ; ils appréhendent la fin du règne. Cela demande de prendre trop de décisions. Hier au moins – comme l'avait remarqué Pierre Desproges, qui n'était pas moins agile d'esprit que Montesquieu –, l'alternative était claire : il suffisait de choisir entre la gauche et vous.

Jean-Marie
LE PEN

Monsieur le député européen, pour impudente, pour vieille et pour grosse qu'elle soit, la ruse du voleur qui crie au voleur peut encore tromper. A condition qu'on l'utilise avec constance et que l'on ne dévie pas de la ligne : c'est donc avec une remarquable persistance que vous feignez de vous plaindre d'être « diabolisé », alors que les habits du diable vous permettent si commodément de cacher vos infirmités, que vous avez sauté dedans et que vous n'êtes pas près de les quitter.

Qu'il est commode, en effet, après s'être comporté en provocateur, d'aller jouer les martyrs devant des assemblées composées de gens blessés par les changements sociaux de ces dernières années ! Vous vous offrez à eux comme le parangon des exclus, celui à qui les grands veulent interdire leur cour,

mais qui lutte vaillamment. En réalité, comme vous craignez au premier chef d'avoir à jouer un jeu où il faut respecter des règles, comme vous n'êtes pas du genre à vous battre « à la loyale », vous hurlez avant que l'on ne vous touche, et, si l'on se désintéresse de vous, vous beuglez de telles énormités qu'elles finissent par attirer l'attention. Vous vous plaignez alors de harcèlement politique avec autant de raison qu'une dame du bois de Boulogne s'offensant qu'on lui demande ses tarifs. C'est gros. Ça marche. Ça maintient les projecteurs sur vous, et les projecteurs ont le double avantage de vous éclairer et d'aveugler les spectateurs. Ils vous regardent donc comme leur totem, alors que vous vous souciez d'eux comme de votre première chemise brune. La seule chose qui vous préoccupe, c'est de prendre la revanche de vos successifs ratages.

On sait ce que vous auriez voulu être grâce à vos mensonges. Vous vous êtes inventé une participation à la Résistance à l'âge de quatorze ans, allant même (c'est gros, ça peut marcher) jusqu'à vous comparer à Chaban-Delmas – « sauf que moi, ajoutez-vous, je n'ai été ni arrêté ni libéré par les Allemands » (c'est gros, ça ne marche plus. Vous ne savez pas vous arrêter : certains Algériens peuvent en témoigner). Ce mensonge que même ceux de vos amis politiques qui combattirent les Allemands n'ont ni pu ni voulu cautionner, ce mensonge trahit donc votre désir de passer pour un combattant. Si ce mot doit avoir le sens que lui donne l'honneur militaire, vous êtes le contraire. En Algérie, votre terrain de prédilection ne se trouvait pas face à l'adversaire ; vous opériez dans d'inavouables locaux. A combien contre un ? En Indochine, vous êtes arrivé

après Diên Biên Phu. « S'il a rencontré ceux que l'on appelait les soldats de la boue, a dit de vous l'un de vos anciens amis, ce ne peut être que dans les bordels. » A Suez, vous avez débarqué quand tout était fini. Il ne restait plus qu'à enterrer les morts. On vous en a chargé. Il paraît que vous vous en êtes plus qu'honorablement tiré.

Cependant, on vous a vu vous battre, et même souvent : contre des étudiants, quand vous étiez membre de l'une de leurs associations les plus à droite ; contre des garçons de café et des videurs de boîte de nuit. C'est sur ces coups de poing que vous avez bâti votre réputation de vaillance. En fait, vous n'acceptiez pas la bagarre – ce qui serait le signe du courage –, vous la provoquiez – ce qui est la marque du sauvage. La pulsion à laquelle vous avez si souvent cédé, les médecins la connaissent de tout temps. C'est par elle qu'un homme oppressé par ses propres mensonges, ses insuffisances et ses frustrations essaie de s'en dédouaner en tapant impulsivement sur les autres. Ainsi, dans certains ménages, voit-on le mari brusquement cogner sa femme, ou des pères leurs enfants, dans l'espoir de prouver qu'ils sont quelqu'un.

Dans le genre militaire – militaire, monsieur Le Pen, pas policier –, votre carrière aura été celle d'un tranchemontagne. Dans le genre mondain, vous avez plutôt donné dans le Leporello. Votre maître, généreux mécène de la danse et, à l'occasion, duelliste prompt à la pâmoison, se nommait Georges de Piedrablanca de Guana, marquis de Cuevas. On a longtemps pu voir votre lourde carcasse dans l'ombre de la silhouette menue et sautillante de ce personnage d'Offenbach réorienté par Jean Cocteau. Il est vrai qu'adolescent vous rêviez d'être danseur. (Vous n'aimez pas qu'on vous le rappelle avec le sourire. Vous avez même cassé la gueule, au temps des ballets du marquis, à un contradicteur qui ironisait sur votre fréquentation de l'Opéra. Il faut dire que vous avez une façon de porter vos testicules en sautoir...)

Espériez-vous hériter de la fortune de Cuevas, comme, plus tard, des Ciments Lambert ? Ou étiez-vous seulement grisé par les salons peuplés de duchesses où le marquis fut votre introducteur ? En tout cas, avant de rehausser les meetings populistes de quelques imparfaits du subjonctif, vous avez grandement aspiré à un tabouret perpétuel chez les particules du faubourg Saint-Germain. Vous étiez, de votre propre aveu, « le Minou Drouet de la politique ». Il paraît que les douairières frémissaient à votre animalité et trouvaient votre côté « brut de décoffrage » tout à fait délicieux. Et vous, vous qui posez si volontiers à l'homme du peuple, vous vous complaisiez dans le rôle humiliant pour lui et pour vous du fils de pauvre qui fait le singe sous les lambris dorés et qui distrait les nantis quand leur caniche a fini de les amuser... Hélas pour vous, Cuevas est mort trop tôt pour vous assurer une rente dans cet emploi et, passé l'échec du putsch de vos amis les généraux, vous deveniez moins fréquentable. Que voulez-vous, le Faubourg est sensible aux modes, mais il est d'abord légitimiste. Entre 1956 et 1960, on pouvait vous croire près du pouvoir ; à partir de 1961, vous étiez un jeune *has been*.

Les obscurs et les sans-grade qui fréquentent aujourd'hui vos meetings doivent vous paraître un public bien peu relevé en comparaison de celui que vous offraient les salons, mais enfin, quand on souffre à votre degré du besoin d'être applaudi, qu'importe devant qui on fait le cabot, pourvu qu'on ait l'ivresse ! (On a écrit d'un autre orateur de ce siècle qu'« il s'enivrait de ses propres déclamations et s'abandonnait à la volupté de pérorer comme à une débauche physique », et je trouve que cette description de Hitler par Hermann Rauschning vous va aussi bien que le brassard que vous a collé Plantu.)

Quand même, lorsque l'on voit à quel point le fil conducteur de votre vie aura été l'arrivisme, on se dit qu'il faut que ceux qui votent pour vous aient un sacré besoin de consolation pour que vos fanfaronnades leur cachent cette vérité : on ne déniche pas, dans une seule de vos déclarations, une quelconque manifestation d'intérêt pour ce qu'ils sont, ce qu'ils souffrent ou ce qu'ils demandent. Vous leur proposez quelques personnes à haïr, des boucs émissaires à sacrifier, des coups à donner – aujourd'hui encore en paroles – et votre personne à admirer, applaudir, courtiser, aduler... en chair, en os, en pin's, en photo, en fond d'assiette, en T-shirt, en fanion... Toutes ces effigies de vous suffisent-elles à vous convaincre de votre importance ?

Ce public, déjà « grisé par le vin du malheur », comme l'écrivait Balzac, vous le soûlez de mots gorgés de peur et d'images sorties d'un cerveau de saurien. Évidemment, quand vous tombez sur un adversaire qui vous impose le respect d'une règle et le langage de la raison, vous vous décomposez, et que ce soit de fureur ne change rien. A la télévision, on vous a vu ainsi pâlir et rompre devant un cardiologue de Roubaix. Que ce médecin français qui vous clouait le bec se soit nommé Salim Khacet produisait sur votre visage le même rictus que lorsque l'on vous demanda de commenter la victoire en coupe Davis d'une équipe de France dirigée par Noah le métis.

Lorsque vous sentez que vous perdez pied, lorsque votre soutien tartarinesque à Saddam Hussein vous coupe d'une partie de vos électeurs ou que vos méthodes de Conducator provoquent des révoltes dans les rangs de vos militants, vous réamorcez la même vieille pompe pour que l'on vous « diabolise » et que vous puissiez de nouveau rassembler vos troupes autour de la « persécution » dont vous êtes victime. C'est alors le temps du « point de détail » des chambres à gaz, des « Durafour crématoire », des insultes réservées aux journalistes juifs. Le tollé que vous provoquez ainsi vous donne quelques nouvelles semaines de bonnes, que vous consacrez à expliquer que vous n'avez pas dit ce que vous avez dit, que l'on y a vu des intentions que vous n'aviez pas ou que vos propos ont été systématiquement déformés par les médias qui, les médias que, les médias dont... Virtuose de la « provoc », vous êtes aussi devenu un champion du maniement de l'agressivité et de la jalousie dont les journalistes ont toujours été les objets.

Je ne veux pas dire pour autant que vos phrases à effets soient uniquement le fruit d'un calcul rusé. Votre naturel y trouve aussi son compte. Le naturel d'un homme qu'on a vu naguère fraterniser à Madrid avec Darquier de Pellepoix, l'homme des « questions juives » de Pétain (mais vous n'êtes pas antisémite). Qu'on a surpris avec le colonel SS Skorzeny (mais vous n'êtes pas un nostalgique du nazisme). A qui l'on a connu pour associé un ancien non repenti de la Waffen SS (mais cela n'engage à rien). Qui partageait volontiers les soirées en exil du chef du nazisme belge, Léon Degrelle (mais c'était pour recueillir de sa bouche la recette du waterzoi)... Tiens, monsieur Le Pen, à repasser la liste de tout ce que vous assurez n'être pas, je me demande si, en plus, vous n'êtes pas incapable d'assumer vos convictions.

Jacques CHIRAC

Monsieur le Premier ministre, il n'y a plus de loups en Corrèze. Une légende locale prétend que le dernier s'est jeté du haut du rocher de Ventadour, au pied du château. Entre Saint-Yrieix-le-Déjalat et Lamazière-Basse, on aime à ajouter que ce saut funeste pourrait bien avoir été un suicide. Après tout, on a assez prêté aux hommes, politiques ou non, des comportements de loups pour oser prêter à un loup les sentiments d'un homme.

Quoi qu'il en soit de l'imagination des Corréziens, on n'entendit plus parler de loup dans le département jusqu'en 1967, année où un inconnu nommé Jacques Chirac déboula dans la circonscription d'Ussel, avec la bénédiction de Georges Pompidou, qui avait décidé de lâcher quelques jeunes spécimens de sa meute sur des terres où paissaient en toute quiétude

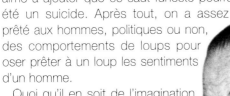

de vieux socialistes à l'engrais et quelques radicaux que la lutte des classes ne préoccupait guère plus que l'excès de cholestérol.

Vous n'en fîtes qu'une bouchée et croquâtes comme une friandise un adversaire nommé Mitterrand mais seulement prénommé Robert, frère de l'autre. Il est vrai que ce Mitterrand-là, au cours de ses tournées électorales, réclamait du thé aux bistrots corréziens, boisson qu'ils ne délivrent que sur ordonnance et à un homme ayant préalablement reçu l'extrême-onction.

Voilà donc plus de vingt ans que vous êtes un homme public. Pourtant, le public n'arrive pas à vous situer. Vos biographes et les journalistes attachés à votre suite soulignent d'ailleurs unanimement et jusqu'à saturation que Jacques Chirac est tout, sauf ce qu'il a l'air d'être. Les illustrations de ce mouvement perpétuel abondent. Votre maintien est prussien, alors que vous êtes un joyeux compagnon. Vous jouez les M. Prudhomme, mais vous vous intéressez à la littérature russe, à l'art chinois, à la civilisation perse et à la philosophie indienne comme peu d'hommes de votre milieu et de votre formation. Vous vous faites photographier avec Madonna et Mireille Mathieu – ce qui n'est peut-être qu'une affaire de relations publiques –, mais vous ajoutez que vous aimez leurs chansons, tandis que vous gardez dans votre bibliothèque personnelle plus de quatre cents livres sur les divinités de l'Inde. Vous avez fondé naguère l'association de ceux qui n'aiment pas la musique et n'ont pas peur de le dire, mais vous avez toujours soutenu l'action de Marcel Landowski, l'un des hommes qui ont beaucoup fait pour la diffusion de cet art en France. Il n'est pas sûr qu'en Algérie vous ayez été opposé à la torture, mais vous avez voté la suppression

de la peine de mort. Vous avez fait élire vos troupes, en 1986, sur un programme libéral reaganien, mais c'est vous qui, en 1967, avez inventé l'Agence nationale pour l'emploi et le traitement social du chômage. Vous lisez volontiers les poètes raffinés et passez pour avoir commis des vers, mais c'est vous qui avez personnellement choisi pour l'aménagement du centre de Paris le projet qui est devenu le Forum des Halles, dont l'esthétique peut faire regretter qu'Attila soit mort. D'ailleurs, ce Forum, les Japonais l'achètent les yeux fermés. Vous vous apprêtez même à transformer le dernier quartier populaire du centre de Paris, de la rue Montorgueil au Sentier, en une sorte de boulevard Saint-Michel livré aux fripiers japonais (encore!), aux fast-foods et aux dealers.

On aura compris que la question qui peut vous être posée aujourd'hui n'est pas : « Jacques Chirac, qui êtes-vous ? », mais « Jacques Chirac, combien êtes-vous ? » Et j'ajouterai même : « A votre avis, lequel va gagner ? »

Jacques
CHIRAC
(récidive)

Monsieur le Premier ministre, avec votre permission, je commencerai ce portrait par une anecdote personnelle. C'est la deuxième fois que j'ai l'honneur de vous rencontrer. La première, c'était déjà pour esquisser en votre présence un portrait de vous, à France-Inter, tôt le matin, ce qui n'est pas votre heure de prédilection, car tous les témoignages concordent : vous avez la levée du corps difficile.

Comme tous vos biographes répètent à l'envi que vous n'êtes pas ce que avez l'air – et notamment que vous êtes infiniment moins raide que la plupart des Français le croient et que beaucoup le craignent –, je m'étais réjoui, ce jour-là, de cette occasion de me faire une opinion par moi-même ;

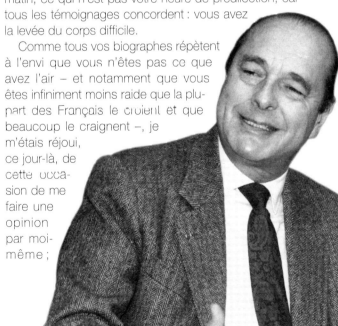

et, de fait, j'avais pu constater, en commençant à vous portraiturer, que vous pouviez rire de bon cœur à certains traits vous concernant, même aux plus moqueurs. Jusqu'au moment où deux de vos conseillers à la communication, qui vous accompagnaient, vous ont fait signe de ne plus rire, pour des raisons connues de ces seuls spécialistes. L'effet de leurs injonctions ne tarda pas, et vous reprîtes votre air prussien, légèrement corrigé Borniol.

Depuis que vous êtes entré en politique, monsieur le Premier ministre, vous avez eu beaucoup de conseillers, et des plus divers. Cela nous a valu de vous connaître dirigiste, puis adepte d'un « travaillisme à la française », puis libéral, puis ultra-libéral... De vous observer antieuropéen, puis européen ; sans compter que vous avez presque réussi à faire le grand écart entre Pierre Boulez et Madonna... Bref, on vous a vu effectuer tant de voltes, de contre-voltes et de virevoltes que l'on se demande si la cohabitation la plus difficile que vous connaissiez jamais n'est pas la cohabitation avec vous-même. « L'homme est un roseau, disait Pascal, mais c'est un roseau pensant. » Ne seriez-vous pas plutôt un roseau peint aux couleurs du fer, comme on le disait du regretté président Daladier ?

Ne penseriez-vous que par conseillers interposés, pourvu que ceux-ci soient assez habiles pour assouvir votre boulimie d'action et de têtes de veau, et pour vous permettre de vous lancer sur un nouveau sentier de la guerre en poussant votre célèbre cri de ralliement : « A cheval !... »

Curieusement, les érudits qui ont étudié vos discours pour en analyser les expressions les plus fréquentes ont relevé que, après le fameux « Écoutez ! », qui fait les délices de vos imitateurs, la deuxième tournure que vous utilisez le plus souvent est « pour ma part », expression probablement destinée à vous convaincre vous-même que vous avez une part bien à vous, mais que nous n'apercevons pas clairement.

Sans doute, en effet, avez-vous une part, et ce doit être ce vieux fonds radical-socialiste corrézien qui faisait dire au président Queuille : « La politique, ce n'est pas de résoudre les problèmes, c'est de faire taire ceux qui les posent. »

Mais, aujourd'hui, pour faire taire ceux qui posent les problèmes, en France et dans le monde, il faut se lever de bon matin, ce qui nous ramène à ma remarque liminaire. Et, franchement, le fait que vous consacriez votre énergie à faire passer vos rapports avec M. Giscard d'Estaing du stade des chiens de fusil à celui des chiens de faïence peut-il être considéré comme un événement à la hauteur des problèmes posés ?

Roland
DUMAS

Monsieur le ministre d'État, à qui vous demanderait à brûle-pourpoint quelle est la capitale de cette ancienne république de l'ex-URSS que l'on nomme le Daghestan, vous répondriez sans hésiter : Makhatchkala. Et si l'on vous priait de nous rappeler de quelles peuplades est composée la population dudit Daghestan (capitale : Makhatchkala), vous énuméreriez sans mal les Andiets, les Avarets, les Darghiens, les Laks, les Lesghiens, les Koumucks et les Nogaïs. C'est la moindre des choses : vous êtes ministre des Affaires étrangères, et donc, un peu, de la Géographie.

Si je vous interrogeais ensuite sur ce que précise l'article 668 du Code de procédure pénale, vous me diriez *illico* qu'il énumère les causes qui permettent à un plaignant de récuser son juge. C'est normal, vous avez longtemps été une des figures du barreau.

Si l'on vous questionne derechef sur l'année où fut

peint le *Portrait de Dora Maar* par Pablo Picasso, 1937 viendra tout naturellement sur vos lèvres. Cela va de soi, puisque vous avez été l'un des deux arrangeurs de la succession du peintre et que vous pouvez non seulement dater ses œuvres, mais, ce qui n'est pas moins important, en préciser la valeur sur le marché de l'art.

Ce qui est moins attendu, c'est que, si je vous prie de bien vouloir nous dire ce qu'évoque pour vous le nom d'Adolphe Adam, vous ne me répondrez pas qu'il s'agit du compositeur du *Minuit, chrétiens* qui résonne à Noël dans nos églises, bien que cela soit incontestable. Vous ne le situerez pas davantage comme l'auteur de la musique de *Giselle*. Vous proclamerez que, pour vous, Adolphe Adam est d'abord le père d'un opéra que vous chérissez entre tous, *Le Postillon de Longjumeau*. Ce n'est pas que vous vous identifiiez à ce héros galant « aux procédés, toujours fidèle » et qui, s'il renversait les belles, « ce n'était que sur le gazon ». Ce n'est pas non plus que vous éprouviez de l'envie pour ce personnage dont le grand air proclame : « Je vais, au sein des grandeurs, entouré de soins et d'honneurs, passer le reste de ma vie. » C'est, tout simplement, parce que vous auriez voulu chanter ce rôle.

Avant de revêtir la robe, monsieur le ministre, vous avez en effet assidûment fréquenté les classes de chant du conservatoire de musique de Paris où vous avez travaillé votre voix de ténor. Sans être aussi savant que Mlle Eve Ruggieri – qui, en 1991, nous informait que, décidément, Mozart est une bonne marque –, je rappellerai qu'il existe plusieurs voix de ténor : le ténor léger, le ténor de grâce, le ténor lyrique, le ténor dramatique et, enfin, le *Heldentenor* ou ténor héroïque, qui doit ajouter aux vertus du ténor beaucoup de celles du baryton.

Votre répertoire de prédilection, celui des opéras-comiques aujourd'hui délaissés d'Adam, de Philidor, de Grétry ou de Monsigny, fait la part belle aux ténors de grâce et, justement, ténor de grâce était votre emploi. Votre emploi hier, monsieur le ministre des Affaires étrangères, mais votre contre-emploi aujourd'hui.

Face au terrorisme d'État de la Libye ou face à l'agression subie par les Croates, ce ne sont pas les mines aimables du ténor de grâce qu'il fallait prendre, il fallait changer de registre et adopter celui du ténor héroïque. Hélas! comme les chœurs, éternellement immobiles, chantent leur célèbre «Marchons, marchons...», vous avez entonné – d'ailleurs *mezza voce* – le couplet du droit d'ingérence sans vous ingérer jamais. Étonnez-vous, aujourd'hui, que la salle se vide...

Jean-Pierre **CHEVÈNEMENT**

Monsieur le ministre, il est très malcommode de faire le portrait de quelqu'un qui bouge tout le temps, ou plutôt qui change tout le temps de pose. D'ordinaire c'est le tableau qui est en trompe l'œil. Avec vous, ne serait-ce pas le modèle ?

Vous êtes aujourd'hui ministre de la Défense. Étant donné qu'hier, comme ministre de l'Éducation nationale, vous vouliez que les enfants des écoles chantent *La Marseillaise* en bombant le torse, on s'attendait à ce que vous appeliez les citoyens à former leurs bataillons dès que Saddam Hussein déclencha la logique de guerre.

Il n'en fut rien. L'invasion du Koweït ne vous a même pas fait interrompre vos vacances. Et, lorsque vous êtes revenu d'Italie, ce fut pour informer l'AFP – sous couvert

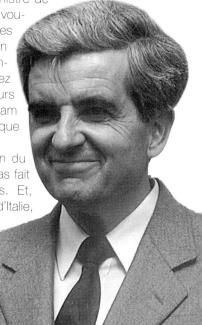

de l'anonymat – que vous redoutiez une attaque imminente contre l'Irak.

Comment est-il possible, se demande chacun, que le ministre de la Défense s'apitoie sur l'adversaire ? Un de vos collègues du gouvernement (lui aussi anonymement) explique alors au *Monde* que c'est en raison des liens financiers que votre ancien groupe, le CERES, a entretenus avec l'Irak. C'est, dit votre collègue, « un secret de Polichinelle ». Polichinelle toi-même, répondez-vous en substance dans le même journal, il n'y a là que calomnie. Bon. Mais alors, par quoi expliquer votre étrange position ?

Lorsque l'on parle de l'ex-CERES, on se souvient que François Mitterrand disait de lui : « C'est un faux Parti communiste fabriqué avec de vrais petits-bourgeois. » Comme vos positions sur la guerre avec l'Irak ne sont pas très éloignées de celles du PCF, on se rappelle qu'un portrait de Marx ornait naguère votre bureau de député. Que vous fûtes un nationaliseur frénétique et un ministre de l'Industrie dirigistissime. On se souvient que vous avez traité Jacques Delors de « transsexuel politique » et la politique de rigueur d'« idéologie néovichyste ». Que vous avez pourfendu la « gauche américaine » (et Dieu sait que vous n'aimez pas la société américaine !). Que vous avez soutenu le plus grand stalinien à l'ouest de l'Elbe, le Portugais Alvaro Cunhal, et que vous n'avez versé que de toutes petites larmes sur l'invasion de l'Afghanistan. Seriez-vous notre dernier marxiste ? Pas du tout, répondez-vous. « Je ne suis pas marxiste, je suis seulement antiantimarxiste. »

On aurait pu recueillir cette palinodie de la bouche de l'un de ces socialistes d'autrefois, increvables notables dont les rodomontades servaient à négocier les appuis

sans pudeur qu'ils apportaient à celui qui leur procurerait la position la plus avantageuse. Et, de fait, n'appartiendriez-vous pas à cette famille de crocodiles ? Une cuillerée pour Fabius aujourd'hui ; une cuillerée pour Rocard hier ; une louche pour Mitterrand aussi souvent qu'il est possible, quitte à trop saler la soupe.

Je parlais donc de trompe-l'œil. Pourtant, d'un avatar chevènementiel à un autre, j'ai cru trouver l'indice d'une conviction permanente. Vous avez donné à l'un de vos fils pour second prénom celui d'Akhenaton. Il y a presque trois mille quatre cents ans, Akhenaton, persuadé d'avoir conçu l'organisation sociale idéale, changea la religion de son peuple, annonça l'avènement d'un paradis terrestre, décréta que les choses, les gens et les dieux devaient modifier leur nom et transforma les artistes en agents de sa propagande. Est-ce ce rêve-là que vous avez quelque part en commun avec Saddam Hussein, celui d'une société entièrement tenue en main par l'État ? Et, lorsque vous vous dites partisan d'un « socialisme national », monsieur le ministre, faut-il croire que l'expression est incomplète et qu'il convient d'entendre que vous êtes partisan d'un socialisme national pharaonique ?

Laurent **FABIUS**

Monsieur le président, nombre de vos camarades de la promotion Rabelais – auteur choisi sans doute par déférence et gourmandise pour les guerres picrocholines qu'il décrit et que vous pratiquez si bien –, nombre, donc, de vos camarades de l'ENA jurent qu'à l'époque de vos études vous rouliez en Aston Martin rouge, tandis que – tous les indices concordent – c'était en Fiat 500 jaune. Il n'en faut pas plus pour que germe dans l'esprit du portraitiste, alors même qu'on attend de sa plume qu'elle écorche, et « mette le doigt sur l'apostume », la tentation de se donner

à lui-même une mission de bons offices. Il est clair que plus vous avancez vos pions, avec une régularité dans l'ascension vers le pouvoir qui aurait pu vous valoir le surnom de Fabius Escalator, moins vous êtes aimé. Avouez qu'il est tentant pour qui vous croque de rêver à retourner l'opinion commune et de se mettre en tête de vous rendre aimable à force de fouiller les recoins de votre biographie. Je n'ai pas ménagé mes efforts dans ce sens ; cela m'autorise peut-être à dire que l'entreprise est difficile.

Un soir de janvier 1985 à la télévision, Thierry Le Luron, parodiant Jacques Brel, exprima avec violence la répulsion que vous inspirez à beaucoup : « Faut vous dire, monsieur, que chez les Fafa on n'vit pas, monsieur. On triche. » Notons que cette charge venait après que votre épouse était venue en 2 CV Charleston, et surtout devant force photographes, vous retrouver à Matignon (il doit peser sur vous une malédiction automobile). Ce reproche de tricherie tomberait vite si l'on parvenait à nommer une cause à laquelle vous seriez viscéralement attaché, l'une de ces causes auxquelles on sent qu'un homme politique sacrifierait sa carrière. Ce n'est pas le socialisme. Le vôtre, que vous baptisez « socialisme du possible », « socialisme pragmatique » ou « socialisme moderne », on pourrait aussi bien l'appeler « socialisme allégé ». Allégé notamment d'une vraie politique sociale, qui compte chez vous bien moins que le clientélisme. C'est sous votre gouvernement que les inégalités les plus criantes ont été pudiquement voilées par le culte de l'« esprit d'entreprise » et que naquit la France « à deux vitesses ».

Ce n'est pas l'Europe. Vous avez bien pris la tête de vos camarades aux élections de 1989, mais, depuis –

et malgré vos promesses formelles –, qui vous a vu à Strasbourg ?

Ce n'est pas la culture, dont, pourtant, votre formation aurait dû faire de vous un héraut : c'est vous qui siégiez à Matignon quand furent créées, dans des conditions peu honorables, La 5 et TV 6.

Ce n'est pas le sens de la responsabilité. L'ouvreur de parapluie qu'a fait de vous Jacques Faizant n'a pas laissé, au moment de l'affaire Greenpeace, l'impression d'un homme résolu, et l'on se souvient encore que, lorsque Yasser Arafat effectua à Paris une visite embarrassante, vous vous éclipsâtes la veille pour visiter Marbella, dont vous ne revîntes que lui parti.

Votre cause serait-elle celle de la liberté ? Après tout, vous avez effectué, en 1986, un voyage en Afrique du Sud pour vous prononcer contre l'apartheid (mais on soupçonne que ce fut pour complaire au Parti communiste) ; vous avez traité l'ayatollah Khomeyni d'assassin (mais on remarque que vous n'étiez plus aux affaires depuis un an) et dénoncé la dictature de Ceausescu (mais on souligne que ses jours au pouvoir étaient comptés). Allons : créditons-vous que cette corde vous est sensible, comme celle de la modernité.

Sur ce dernier sujet, il vous faut d'ailleurs supporter les mêmes injustices que Valéry Giscard d'Estaing, auquel vous êtes souvent, à votre agacement, comparé. On a oublié, à tort, que vous avez levé l'anonymat des fonctionnaires et organisé le prélèvement automatique des pensions alimentaires, c'est-à-dire que vous vous êtes soucié de questions triviales et quotidiennes. On se souvient à peine mieux de votre efficacité – elle passe, selon les interlocuteurs, pour être empreinte de froideur ou de timidité – et de vos tentatives pour faire entrer dans la tête des technocrates qu'une mauvaise exonération d'impôts coûte moins cher à l'État qu'une subvention, même chichement calculée. Les qualités de VGE ont souvent été recouvertes par sa morgue et l'affaire des diamants ; les vôtres, par votre sentiment élevé de vous-même et par les trois milliards de La Chapelle-Darblay. Tous les deux, en outre, donnez, quand vous voulez vous rapprocher des gens, le pénible sentiment d'en faire des tonnes – lui en parlant de sa calvitie, et vous de vos enfants.

On reste donc perplexe lorsque l'on cherche à imaginer quelle allure prendrait une campagne présidentielle qui vous opposerait. Faute de trouver la grande cause qui vous anime, le portraitiste se dit alors qu'il pourrait rechercher un acquis que vous ne devriez qu'à vous-même. Il y a, bien sûr, vos surabondants titres universitaires ainsi que votre victoire au jeu télévisé « Cavalier seul », où vous éblouîtes Pierre Bellemare. Mais, en politique, vous avez tout hérité, et le premier de ces héritages – celui d'une circonscription où la gauche passait avec 68 % – n'est pas le plus sympathique : vous êtes gaillardement passé sur le corps de l'un des seuls ouvriers que votre parti était capable d'aligner dans la compétition législative. Le reste, tout le reste, vous le devez à François Mitterrand, quelle que soit votre application à faire fructifier ses donations. Dès lors, quelle autre direction peut emprunter une plume que celle de se demander ce que le président de la République vous trouve ?

Il me semble qu'il vous trouve d'abord que vous n'êtes pas Michel Rocard et que vous êtes de taille à causer des soucis au maire de Conflans-Sainte-Honorine. Peut-on comprendre les façons d'agir de François Mitterrand si l'on ne s'attarde pas sur ses haines ? Il déteste

Rocard comme il a détesté Mendès, parce qu'il a toujours l'impression d'être jugé par lui, et aussi parce que, tout compte fait, l'ancien Premier ministre aura été plutôt aimé. Mais vous ne plaisez pas seulement au président à cause de votre capacité de nuire à celui qui l'obsède. Il vous voit d'un bon œil parce que, sur bien des points, vous lui ressemblez. D'abord, vous n'êtes pas plus de gauche que lui. Pas moins non plus, si vous préférez, mais cela ne vous rosira guère. Ensuite, vous êtes soupçonné des mêmes vices que lui, et, au premier chef, de tout plier à votre ambition. On peut ajouter que vous avez trébuché là où il a chuté lui-même : à la télévision devant Jacques Chirac qui vous traitait de « roquet », et qui s'est joué de vous comme Valéry Giscard d'Estaing et Raymond Barre l'avaient fait de Mitterrand en 1974 et en 1977. De même qu'il a dû remonter la pente du « Vous n'avez pas le monopole du cœur », il faudra, pour votre salut, que l'on oublie votre « Vous parlez au Premier ministre de la France », phrase d'où date très exactement la désaffection dont vous souffrez.

Je ne mentionne que comme une évidence que François Mitterrand vous aime aussi à proportion de ce que vous lui devez. Je hasarde que quelque chose de plus intime le lie à vous. Ce pourrait être le sentiment ancien et persistant de ne pas être aimé et la conviction qui en

découle de ne pas savoir se rendre aimable. Dans ces cas-là, on tente sans cesse de séduire, on guette les manquements des autres à son propre égard (et, ce faisant, on en provoque) et, lorsque l'on a du pouvoir, on préfère, à tout prendre, la servilité paisible des courtisans aux risques d'une amitié qui peut toujours varier d'intensité, même si on la cimente par des services rendus. Le culte des morts que pratique si fort le président de la République n'est-il pas la revanche de ceux qui se croient mal compris ?

Le peu que vous lâchez de vous-même et de votre famille dans vos livres me porte à croire que ce sentiment d'incompréhension est, chez vous, très vif et très ancien. Votre goût puissant pour les chansons de midinette pourrait même en constituer l'un des indices. Et céderait-on à la psychanalysette si l'on s'arrêtait sur votre – vaine – obstination à faire entrer les œuvres d'art dans le calcul de l'impôt sur les grandes fortunes – vous, dont le père tenait l'un des plus importants commerces de ces œuvres ? Sur votre accablement de jeune homme lorsque des femmes vous quittèrent ? Sur votre façon d'accumuler les études pour retarder le plus possible, comme vous le confiiez à une cousine, le moment d'entrer dans la vie ? Et, enfin, sur votre seule passion visible, celle que vous éprouvez pour François Mitterrand et qui vous fit longtemps imiter sa scansion et jusqu'au timbre de sa voix ?

Si votre recherche d'être aimé est au point d'intensité où je la crois, j'ai enfin découvert ce qui vous rend sympathique. Non pas cette recherche elle-même – c'est le fait de trop de gens –, mais la tragique évidence que le chemin que vous avez pris, celui de la politique d'appareil, vous éloigne de votre but un peu plus chaque jour.

Philippe SÉGUIN

Monsieur le ministre, tracer aujourd'hui votre portrait, c'est d'abord poser une question, sinon tenter d'y répondre : comment avez-vous fondu ? Depuis 1981, date de votre deuxième élection à l'Assemblée, et plus encore depuis 1983, année où vous conquîtes la mairie d'Épinal, le bruit, autour de vous, ne cessait d'enfler. Celui-ci vous voyait Premier ministre. Celui-là vous tenait pour présidentiable. On louait votre intelligence, votre force de travail, votre science du Parlement, la fermeté de vos convictions, votre désintéressement. On vous créditait d'incarner le renouveau, peut-être même la résurrection du civisme en politique. Et voilà que, si nous n'avez pas tout à fait disparu, vous vous êtes fondu dans la masse des politiciens, vous avez été avalé par leurs machines. Vous êtes retourné, ne disons pas dans la cour des petits, mais dans celle des moyens. Pour paraphraser le général de Gaulle, je dirai que vous vous êtes approché plusieurs fois des rives du Rubicon et, à la surprise de tous, ce ne fut que pour sortir votre canne à pêche.

C'est en 1989, au moment des élections européennes, que l'on s'est douté pour la première fois que le colosse avait des pieds d'argile. Les « rénovateurs » tenaient alors entre leurs mains une chance unique. Vous l'avez fait capoter, et l'on a compris que vous n'aviez feint de partager leur élan que pour acquérir un poids qui vous autorise à compter davantage dans votre parti. Aurais-je la cruauté de dresser aujourd'hui le bilan de cette opération ? Elle s'est prolongée par une alliance tapageuse avec M. Pasqua, « un Fouché qui se prend pour Talleyrand », et cela ne vous a même pas permis d'avoir la peau de M. Juppé, dont vous feriez pourtant volontiers naturaliser la dépouille.

Soyons juste. C'est beaucoup grâce à vous que le RPR a désormais des courants. Leur impétuosité est si faible qu'on devrait plutôt les appeler des rus, et, d'ailleurs, ils se perdent tous dans le fleuve Chirac sans parvenir à le grossir. Pis encore, ils semblent ne charrier que des ambitions personnelles. « Comment, en un plomb vil... ? »

Il paraît que c'est la faute à votre caractère. Chacun s'accorde à le décrire difficile, atrabilaire, instable, violent, presque furibond. Mais cette colère permanente que vous semblez entretenir contre l'humanité – « tous des cons », dites-vous souvent –, on pourrait aussi

penser qu'elle constitue le meilleur de vous-même, le signe de l'exigence que vous avez pour tous et pour vous-même. Peut-être considérez-vous que tous les hommes devraient être à la hauteur de votre père, mort au combat sans que vous l'ayez connu et dont tous ses camarades vous ont dit les vertus – et de votre mère, incarnation des femmes de devoir et de tendresse retenue comme il semble que la République ne les affectionne plus.

Vous seriez alors un perpétuel déçu, tels les vrais misanthropes dont la fureur contre les hommes exprime surtout le dépit amoureux. Pouvons-nous nous attarder sur cette hypothèse ? Le misanthrope se sent à part ; il en souffre, et on le voit parfois en proie à d'étranges pulsions qui le conduisent à chercher à se faire accepter par des Célimène dont il refuse de voir les faiblesses tout humaines. C'est que cela serait si reposant de pouvoir cesser d'être en colère ! Au point que vous feriez – vous avez fait – parfois n'importe quoi pour que M. Chirac et son parti vous aiment. Peine perdue. La plupart vous craignent, donc ils vous haïssent. Quand vous vous en rendez compte, vous passez sur l'autre versant de la misanthropie : la tendance au despotisme éclairé dont vous admirez tant l'incarnation que fut Napoléon III.

De fait, le patriarcat vous irait bien. Jeune homme, stagiaire de l'ENA, vous fûtes « chef par intérim de la circonscription administrative des îles du Vent », dans la Polynésie française. Dans cette fonction que l'on pourrait croire imaginée par Giraudoux, vous étiez davantage qu'un prince : l'envoyé du dieu métropolitain dont vous teniez la corne d'abondance. Vous l'avez maniée avec tant de savoir-faire qu'à la fin de votre temps les chefs de tribu pétitionnèrent pour votre maintien. Vous devez à leur satisfaction une si belle note de stage que, mal entré à l'ENA, vous en êtes sorti assez bien classé pour choisir n'importe quel grand corps. Aujourd'hui encore, vous possédez toutes les qualités des anciens officiers des affaires indigènes : les Spinaliens, vos administrés, en ont tiré le plus grand profit, puisque votre ville compte parmi les mieux subventionnées de France et parmi celles où la mairie manque le moins d'imagination. Seulement voilà, Napoléon III ne commença pas sa carrière à la tête d'une ville moyenne, et, si l'on veut être le premier à Rome, il n'est pas d'un grand secours d'être le premier à Épinal, soit dit sans offenser ses heureux habitants.

Mais voulez-vous vraiment être le premier à Rome ? N'est-ce pas plutôt la Constitution de la Ve République, l'hypertrophie de la fonction présidentielle, l'affaiblissement du Parlement et le rôle exagéré des médias –

surtout des médias « électroniques » – qui vous ont poussé à rêver d'un fauteuil trop grand ou trop haut pour vous ?

Ah ! monsieur le ministre, que vous eussiez été beau sous la IVe ! Vous auriez été un Faure, quelque part entre Edgar et Maurice. Plutôt l'autre que l'un, à vrai dire, mais pas un gouvernement ne se serait bâti sans votre bénédiction, et la plupart vous auraient réservé un portefeuille. Depuis 1981, il vous faut constamment agir en pleine lumière, exister sous les projecteurs des plateaux de télévision. Vous qui êtes plus qu'un Méridional, un pied-noir, vous savez bien qu'il convient de ne s'exposer au soleil que lorsqu'on ne peut faire autrement. Nous vous avons usé prématurément, monsieur le ministre, et c'est bien dommage. Cette république de coqs de combat aurait grand besoin de taureaux dans votre genre, des taureaux qui sachent ruminer quand c'est le temps de ruminer et donner de la corne quand on prétend les conduire où ils ne veulent pas. Le taureau a l'esprit pratique. Vous n'en manquez pas, vous qui vous réclamez du « gaullisme pragmatique », ce qui, chacun l'a compris, est le nom martial du bon vieux radicalisme. Ah, monsieur le ministre, à quarante ans près, quelle carrière eût été la vôtre !

É d i t h CRESSON

Dans l'histoire de la Vᵉ République, le nom et la personne du deuxième Premier ministre de chaque septennat constituent toujours une surprise. Et, quelles que soient les qualités de l'heureux(se) élu(e), il (elle) ne doit son élévation ni à ses talents, ni au soutien d'une faction, ni à sa popularité, mais à la seule faveur du prince. En trente ans et plus, il est devenu de règle que le deuxième Premier ministre soit le domestique du président. J'entends le mot dans le sens du familier dévoué, celui dont il est écrit dans l'Évangile : « Je lui dis va et il va, viens et il vient. » Que ce soit aujourd'hui, madame le Premier ministre, à une femme qu'incombe ce rôle de domestique, on peut se demander pourquoi les féministes y trouvent des raisons de se réjouir. Peut-être eût-il mieux valu que vous-même et votre

entourage n'insistiez pas trop sur votre appartenance au sexe d'Eve. D'abord – grâce à Dieu –, parce que même un Anglais vautré dans le pléonasme, je veux dire, selon vos remarques, un Anglais homosexuel, s'en rendrait compte sans sous-titres. Puisqu'il est permis d'écrire, par exemple de M. Noir ou de M. Kouchner, qu'ils sont jolis garçons, souffrez que l'on vous déclare que l'on peut poser l'œil sur vous sans déplaisir – et ne faisons pas comme si François Mitterrand n'avait tenu aucun compte de ce paramètre lorsqu'il a réfléchi à votre nomination.

Méfiez-vous, disais-je, de votre façon et de celle de votre entourage de souligner que vous êtes une femme. Étant donné votre tempérament « va-t'en-guerre » et vos propos à l'emporte-pièce, cela ressemble souvent à la manière qu'avaient certains binoclards, dans la cour de récréation de nos écoles, de chercher noise à leurs camarades et, au moment de recevoir le châtiment de leurs agressions, de s'écrier : « T'as pas le droit, j'ai des lunettes. » J'ajouterai que d'autres femmes – je pense à Simone Veil – ont assumé récemment des charges difficiles, pris des décisions soulevant l'hostilité de beaucoup sans jamais se prévaloir de leur sexe pour fuir le débat en opérant ce que les anciens appelaient une *captatio benevolentiae*, un détournement de sympathie. Enfin, on a suggéré avec plus ou moins de muflerie que vous pourriez devoir votre charge au fait que, jadis, vous seriez entrée chez M. Mitterrand par les portes de la galanterie. Si c'est faux, la calomnie est immonde – mais pas plus et pas moins que celle qui présentait un ancien candidat à la présidence comme ayant assassiné sa femme, et de surcroît homosexuel. Si c'est vrai, vous n'avez sur ce plan aucun compte à rendre :

Mazarin n'est pas devenu Mazarin parce qu'il consola Anne d'Autriche, mais parce qu'il avait du génie. Prouvez le vôtre sans vous attarder en chemin à des bruissements de buvette.

Si génie il y a – ce dont le temps qui s'écoule nous force de plus en plus à douter –, sa base est assurément un caractère de rebelle, renforcé par une enfance peuplée, de votre propre aveu, de trop de conformistes et de trop de lâches. Comme votre enfance, c'était la guerre, vous êtes restée fascinée par les hommes qui l'ont traversée « en faisant leur devoir », comme disait le général de Gaulle. Ils sont les seuls auxquels vous vous soumettiez ou vous remettiez. Les autres, quelle que soit leur génération, se divisent en deux catégories : les « cloportes » et les « petits pères ». Sont cloportes tous ceux qui temporisent et vous jugent agressive, chaotique, volontariste et chicanière ; tandis que figurent parmi vos « petits pères » (parfois appelés « petits soldats » ou « mes brebis ») tous ceux qu'enthousiasment votre allant, votre goût de l'urgence, votre bagout et votre amour du mouvement.

Vous avez déclaré un jour que votre expression favorite était : « A cheval !... » C'est aussi celle de M. Chirac, lequel a, comme vous, la réputation de ne pas pouvoir vivre sans ses conseillers et d'avoir le cœur sur la main. L'une des questions qui se posent à votre propos – et peut-être même l'une des plus sérieuses –, c'est de savoir s'il faut arrêter là la comparaison ou si, comme le maire de Paris, vous confondez mouvements de menton et gouvernement.

Traiter les Japonais de noms d'insectes – et même, car vous l'avez fait, évoquer *Mein Kampf* à propos de leurs projets –, cela peut vous conférer l'apparence d'une femme énergique. Mais arrêter leurs magnétoscopes à Poitiers n'a jamais créé une industrie électronique. Et à quoi bon crier si fort contre les Nippons si c'est, un mois plus tard, à Bruxelles, pour laisser entrer leurs automobiles ? Quant à la question du développement de l'apprentissage, l'une des premières mesures que vous ayez annoncées, elle prend tellement les traditions de la gauche à contre-pied qu'il nous tarde de voir si l'opiniâtreté de votre action est à la hauteur de l'ambition de vos annonces.

Vous avez compris, madame le Premier ministre, que, si l'on voit clairement à quoi vous vous opposez, on s'interroge sur votre capacité à construire et à conduire. Il était plus facile de démissionner, hier, du gouvernement de M. Rocard que de mettre aujourd'hui à votre diapason l'inébranlable défenseur du franc qu'est M. Bérégovoy et l'adversaire constant de l'apprentissage qu'est M. Jospin. Vous avez joliment dit un jour de M. Fabius : « Il n'a pas de tripes, il n'a que des dents. » Craignez la réponse du berger à la bergère et qu'il puisse bientôt lâcher à votre propos : « Elle n'a pas de dents, elle n'a qu'une langue. »

Jean-Louis
BIANCO

Monsieur le ministre, au milieu des années soixante-dix, le bruit s'est répandu, dans les milieux de l'action sociale, qu'un énarque extraterrestre venait de débarquer au ministère de la Santé. Un énarque attentif, accueillant, connaisseur de ces réalités qui se métamorphosent en dossiers dans les bureaux, soucieux de rencontrer les gens là où ils vivent et les professionnels là où ils travaillent, pas bavard ni porté sur la promesse facile, capable de discuter des idées aussi bien que des actions, un énarque intelligible et même, si j'ose ce rapprochement, un énarque de terrain.

Vous étiez cette créature improbable, sous les ordres d'un secrétaire d'État, René Lenoir, aussi improbable que vous et non moins énarque : une sorte de moine-soldat de l'action sociale, un homme dont on soupçonne que, lorsqu'il est entré dans le service public, il a prononcé *in petto* les vœux de pauvreté, de chasteté et d'obéissance. Vous avez écrit, et il a couvert de son autorité, l'un des rares rapports officiels où l'action de l'État est analysée sans complaisance ni souci de se garder à droite ou à gauche.

Trois lustres plus tard, vous devenez ministre de Mme Cresson, après neuf ans passés au secrétariat général de l'Élysée, dont deux consacrés à appliquer de l'embrocation sur les points douloureux de la cohabitation avec M. Chirac. Votre réputation d'oiseau rare a bien résisté à ces avatars. Vos amis socialistes ont même posé quelques touches de légende sur votre biographie. Quoique vous soyez né dans une chambre de clinique voisine de celle où un Rothschild voyait le jour à la même heure, ils aiment à vous présenter comme le fils d'un pauvre immigré italien. Tout communiste qu'il fût, votre père habitait avenue Montaigne, où l'on ne voit d'immigré qu'en Rolls Royce, et vous avez fréquenté de pair à égal cette garderie de fils d'archevêques qu'est le lycée Janson-de-Sailly. Je ne mentionne point ces faits pour vous en adresser un quelconque reproche, mais pour souligner à quel point, dans la Mitterrandie, on tient à vous parer de toutes les qualités, fût-ce sans vous demander votre avis.

Peut-être, d'ailleurs, avez-vous aussi servi à l'Élysée pour que le parfum de vos vertus recouvre les odeurs moins nobles d'un népotisme sans cesse croissant depuis 1981. J'avoue que j'aimerais savoir comment vous vous êtes accommodé de mœurs dont, *a priori,* tout vous éloigne. Sans doute êtes-vous davantage un politique qu'on ne le pense – ou que vous ne le laissez penser… A moins que vous n'ayez choisi de garder le silence tout en n'en pensant pas moins et en attendant votre heure. Ou alors vous avez compris que, pour vous faire pardonner votre multitude de dons, il fallait rester constamment en arrière de la main.

Vous le voyez, j'ai l'impression d'achopper à un mystère ou, au moins, à quelques énigmes, qui conviennent d'ailleurs assez bien à ce mélange que vous êtes de franco-irlando-italo-helvéto-flamand parlant l'allemand couramment, l'anglais très bien, l'italien pas mal et l'espagnol à peu près...

La principale des énigmes qui doive nous retenir ici est celle de la nature de votre ambition. Vous soulignez volontiers que, dans votre parcours professionnel, vous ne vous êtes jamais porté candidat ni mis en avant. Vous étiez là, telle chose vous advint. Coquetterie ? Je ne le pense pas. Ne faudrait-il pas plutôt voir là l'expression combinée d'un grand orgueil et de la crainte de l'affrontement ? Et n'auriez-vous pas attaché votre char à celui de François Mitterrand lorsque vous avez compris que vous lui étiez nécessaire et que, dans son système de distribution, votre place et votre tour ne pouvaient qu'être assurés ?

Vous avez toutefois essayé naguère de brûler les étapes. En 1984, vous pensiez qu'il n'était pas impossible que vous preniez la place que Pierre Mauroy laissait vacante à Matignon. En 1988, vous avez cru que l'heure en était venue et commis une ou deux bourdes. Le président – qui comptait faire de vous un ministre – vous a collé trois ans de purgatoire pour vous aguerrir. Vous n'avez pas été long à comprendre et, aujourd'hui, vous avez entrepris le parcours du combattant politique en commençant par la première étape, celle des affaires d'un canton. Cela vous déplaît sans doute beaucoup moins qu'à un autre, mais vous n'en continuez pas moins à confier de temps en temps à un interlocuteur, qui le répétera, que vous pourriez bien tout lâcher un jour et vous retirer de nouveau en Haute Provence, loin des tumultes et des *combinazione* des palais nationaux. L'orgueil, là encore, d'un homme à qui il arrive de penser que les autres ne le méritent pas ? Ou le goût – chez vous constamment marqué pour l'amitié sans arrière-pensées, les maisons dont on peut pousser la porte avec la certitude gourmande qu'on vous y fera bon visage et qu'on y trouvera une place à table, de la musique au dessert et un ballon pour jouer au volley ? Ou encore le choix de la facilité qui consiste à préférer être le premier dans son village que l'éternel second ailleurs ? Ou enfin la crainte de n'être pas à la hauteur que demande, aujourd'hui plus qu'hier, la pratique de la chose publique, où il vous est arrivé, dans l'affaire des hémophiles contaminés par le virus du sida, de faire vilaine figure ?

Je n'achoppe plus, j'ânonne et j'enfile les énigmes plutôt que je ne les élucide. Pourtant, dans le secret et le discret dont vous vous enveloppez en souriant, il me semble que vous avez laissé échapper un indice de ce que vous pensez de vous-même. Vous adorez les chats. Vous avez baptisé le vôtre Tibert. Dans le *Roman de Renart*, le chat Tibert est le seul personnage qui non seulement parvient à déjouer les ruses de Renart, mais encore qui réussit à le faire tomber dans ses pièges.

C'est la grâce que je vous souhaite, monsieur le ministre : nous avons tant besoin, en politique, d'être surpris.

Bernard KOUCHNER

Monsieur le ministre, quand vous aviez vingt ans, vous apparteniez à une bande, la bande des dirigeants de l'Union des étudiants communistes. Presque aucun de vos anciens camarades ne se situe aujourd'hui dans la mouvance du Parti ou même du marxisme, mais presque tous sont installés au sommet de l'élite du pouvoir...

Disons-le, cette bande qui se prenait volontiers pour le sel de la terre a empoisonné l'existence de toute sa génération en lui présentant la moindre vessie pour une lanterne magique, en glosant à l'infini sur la révolution, en donnant des leçons de marxisme à tout le monde et même à Fidel Castro. Aujourd'hui, elle s'est muée en une bourgeoisie qui compte sans doute parmi les plus réalistes, souvent les plus cyniques, les moins aveuglées par la générosité, les plus contentes d'elle-même et les moins cultivées

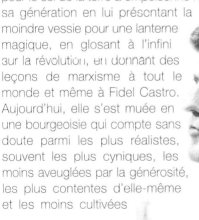

qu'on ait eues au pouvoir depuis Louis-Philippe.

Cependant, dans cette bande, monsieur le ministre, vous avez toujours été un zèbre un peu à part. Quand vos camarades se penchaient gravement sur le prolétariat, vous posiez au dandy, vous affichiez votre volonté de réussir et vous faisiez le muscadin à la cour de quelques grands : Aragon, Sartre, Simone de Beauvoir, ceux que l'on n'appelait pas encore les médiatiques.

Mais, au moment même où, après Mai 68, beaucoup de vos camarades sombraient dans l'éthylisme idéologique, vous partiez servir au Biafra, c'est-à-dire en enfer. Tous ceux qui vous ont vu sur le terrain – quels que soient leurs sentiments à votre égard – ont été frappés par deux de vos qualités : une énergie exceptionnelle et un courage physique qui confine à la témérité.

En créant « Médecins sans frontières », le blouson doré de la gauche caviar avait-il revêtu la bure et le cilice de l'apôtre ? Pas vraiment, et l'on peut se demander si vous avez jamais cessé d'osciller entre ces deux personnages. Vos amis de Médecins sans frontières et, plus tard, de Médecins du monde s'éloigneront de vous, jugeant que vous tirez trop la couverture à vous. De fait, dans certains bulletins de vos organisations, vous êtes photographié à pied, à cheval, en voiture, en bateau, en avion, en triporteur, en pousse-pousse, en hélicoptère... C'est à peine s'il reste de la place pour les articles.

Il est vrai que, jeune homme, vous songiez à faire du cinéma et que vous avez beaucoup écrit pour la télévision, y compris un film où vous avez, mazette ! confié votre propre rôle à Jacques Perrin – sans doute parce que Yves Montand n'était pas libre.

Vous vous défendez de cette boulimie médiatique en

disant que c'est la société qui veut ça. La charité est devenue un business, et le business se gère dans tous les secteurs avec les mêmes moyens. Nous vivons une époque moderne…

Si moderne qu'on peut craindre que vous ne confondiez les valeurs et que tous les Foucault se valent à vos yeux, qu'ils se prénomment Michel ou Jean-Pierre, pourvu que leur fréquentation braque sur vous un projecteur. Après les élections de 1988 – pour vous très malheureuses –, un journal vous demande quel serait votre gouvernement idéal. Vous y mettez Raymond Barre, Michèle Barzach, Simone Veil, Jacques Delors, Michel Noir ; bref, le Top 50, il ne manque que Drucker et Sabatier.

Votre agitation médiatique laisse intacte une question : peut-on être à la fois l'homme d'un principe – celui des droits les plus élémentaires de l'homme qui fondent l'action humanitaire – et l'homme des compromis, notamment du compromis avec tout ce qui, dans cette société, n'a pas d'autre morale que : « Ça marche, donc c'est bon. » Peut-on être à la fois élève de Jacques Séguéla et disciple de Mère Teresa ?

Peut-on être un animateur de la société civile et un homme d'État ? Se situer dedans et dehors ? Jouer à la belote et au poker menteur ?

Au nom des principes, vous reprochiez naguère au secrétaire d'État aux Droits de l'homme de Giscard, votre vieux frère ennemi Claude Malhuret, de ne pas démissionner alors qu'il devait, en politique étrangère, accepter la raison d'État et, en politique intérieure, admettre que des policiers puissent battre à mort un jeune homme malade, Malik Oussekine. Monsieur le ministre, il y a en France aujourd'hui au moins un commissariat, celui de Mantes-la-Jolie, où un jeune homme malade peut entrer pour une garde à vue et sortir pour la morgue. Et vous êtes toujours au gouvernement. On expulse dans la précipitation un opposant à Hassan II parce qu'il a écrit un livre. Et vous êtes toujours au gouvernement. Et n'est-ce pas parce que vous êtes au gouvernement que vous n'avez pas pu dire tout haut que, si nous avons organisé l'assistance et la protection des Kurdes d'Irak, c'est après que notre politique vis-à-vis de Saddam Hussein les avait précipités dans la situation dont vous et d'autres cherchez à les sortir...

Vous avez compris, docteur, que le doute que provoquent ces ambiguïtés et même ces contradictions pourrait s'exprimer par une question naïve : êtes-vous gouverné par l'arrivisme ou par l'ambition ? Comme vous le savez, monsieur le ministre, la différence entre les deux, c'est que l'ambition, elle, peut se partager.

Pierre
BÉRÉGOVOY

Monsieur le ministre d'État, parmi les centaines de photographies de vous que chaque rédaction garde dans ses dossiers, je n'en ai trouvé que deux où vous ne portez pas de cravate, et, chaque fois, vous avez l'air de le regretter, même lorsque le photographe vous a surpris sur une bicyclette. J'ajoute que, deux fois sur trois, vous tenez un dossier ou un cartable. Je dis bien un « cartable », car l'attaché-case, ce n'est pas votre genre. Pas plus, Dieu merci ! que d'aller demander des conseils à des professionnels de la communication pour vous faire fabriquer un look.

Sérieux vous êtes, sérieux vous paraissez. Avec même cette raideur tantôt timide, tantôt cassante de celui qui est né dans le peuple et qui n'est jamais

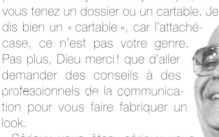

tout à fait sûr d'être à l'aise hors de son milieu. J'ai dit « né dans le peuple », et je dois donc rappeler que, si vous n'êtes pas exactement le seul du gouvernement à n'avoir pas fréquenté l'université, vous y êtes assurément l'unique titulaire d'un CAP d'ajusteur. Contrairement à ce que l'on pourrait croire, vous n'aimez guère qu'on le souligne.

Pourtant, qu'un ancien ouvrier commande à la fleur des énarques, cela réjouit le démocrate. Qu'il ne se soit pas laissé aller à adopter leurs manières, leur langage et leurs travers, cela le réjouit deux fois.

Vous avez longtemps milité, à l'époque où les préaux d'école n'avaient pas été détrônés par la télévision. Il vous en est resté des goûts de tribun qui ne déteste pas les acclamations. Mais votre sérieux congénital vous interdit de faire acclamer n'importe quoi. En octobre 1982, à la fête de la Rose de votre parti, alors encore enivré de phrases creuses, vous avez fait applaudir par les socialistes... l'instauration du forfait hospitalier. Militant, sans doute ; débraillé, sûrement pas ! Ceux des communistes qui ont eu à négocier avec vous le programme commun l'ont appris à leurs dépens.

Dans votre carrière politique, comme certaines plantes, vous avez toujours eu besoin d'un tuteur. Vous avez mis vos pieds dans les pas de Pierre Mendès France, puis d'Alain Savary, puis de leur rival, François Mitterrand. Il vous a poussé très haut, vous trouvant même enfin une circonscription et une mairie – vous que le suffrage universel avait longtemps boudé. De votre côté, vous avez toujours su plier votre réalisme aux volontés du président. Beaucoup ont donc pensé – et vous en tête – que vous seriez un jour son Premier ministre. On vous

voyait en Pompidou. C'était une erreur sur l'Auvergnat : vous seriez plutôt Poulidor. J'évoque Poulidor, parce que sa place de second semblait lui procurer un bonheur ineffable. Il paraît que vous êtes aussi épanoui dans votre vilain ministère de Bercy que M. Balladur l'était au palais du Louvre, et que vous supportez la critique aussi mal que lui. Bien que vous ayez fait preuve de la même brutalité que votre prédécesseur dans les affaires de noyaux durs, c'est pourtant à M. Pinay que vous avez été comparé le plus souvent. Cela tient à votre acharnement à défendre le franc. « Un Pinay de gauche », a-t-on dit de vous. L'expression est commode, mais a-t-elle un sens ? N'est-ce pas un peu comme si l'on parlait d'un Bernard Tapie de la Culture ?

Ministre socialiste de l'Économie, vous avez été salué par la presse financière internationale et couronné meilleur financier de l'année par l'Association des docteurs en sciences économiques. Tout cela fait beaucoup de finances. Que reste-t-il pour le socialisme ? Vous avez déclaré un jour : « Je veux remettre la gauche à l'endroit », monsieur le ministre d'État, ne l'auriez-vous pas mise quelque peu à la droite de l'endroit ?

Brice
LALONDE

Monsieur le ministre, en mai 1981, lors de l'un des débats télévisés qui suivirent l'élection de François Mitterrand à la présidence de la République, vous fîtes un éclat qui définit assez bien le genre d'action politique qui était alors le vôtre. Entre autres causes, vous militiez à cette époque pour la légalisation des radios dites « libres » qu'un système de répression très efficace empêchait d'émettre. « Ce système de répression est désormais caduc et non avenu, déclarâtes-vous en substance ; nous avons trouvé sa parade, et la seule action qui reste au nouveau pouvoir, c'est d'or-

ganiser démocratiquement la distribution des fréquences. »

Pour étayer votre propos, on vous vit sortir d'un sac un transistor, l'allumer et faire entendre aux téléspectateurs l'émission que diffusait – disiez-vous –, au moment même, la radio « libre » des écologistes.

Ce geste impressionna fortement. En réalité, il n'existait ni radio ni émission. Cachés dans un immeuble voisin des studios, une poignée de vos amis utilisaient pour quelques minutes une fréquence FM avec une installation dont la portée ne dépassait pas quelques centaines de mètres. Cette farce réussie précipita la décision des socialistes d'autoriser des radios, qu'ils rebaptisèrent « locales privées » et qui, depuis, ont contribué à l'édification de quelques fortunes sans améliorer beaucoup les moyens d'expression de la chère « société civile ».

De cette chère « société civile », vous étiez la voix la plus connue. De tous les mouvements nés après 1968, l'écologie est un des rares à avoir survécu, et vous étiez l'un des rares à avoir l'écologie gaie. Votre vivacité se piquant volontiers d'insolence, voire de dandysme, vos grandes écharpes colorées et même la consonance de votre prénom et de votre patronyme vous conféraient un aspect giralducien en opposition avec l'apparence congelée de nombre de vos coreligionnaires.

Plus que beaucoup d'autres, vous portiez les espoirs nés du désir de démocratie directe exprimé après le grand mai. On vous croyait voué à rénover et à dynamiser le tissu associatif, capable d'inventer cent façons diverses d'enquiquiner les bureaucrates et de révéler aux citoyens l'importance de tel ou tel enjeu ; bref, on vous voyait comme le grain de sable empêchant la machine administrative de poursuivre aveuglément son chemin d'écrabouilleuse. Un député RPR déclarait à votre propos : « Je n'attache pas plus d'importance à M. Lalonde qu'à un petit lapin dans le Larzac. » Il faisait rire non pas de vous, mais de lui, car vous paraissiez appartenir à cette sorte de lapins qui choisissent de jaillir de n'importe quel chapeau au moment où on les attend le moins et où l'on souhaite le moins leur présence.

Et voilà que vous êtes devenu ministre. Fatigué des chapeaux, le lapin s'est jeté dans la casserole. Car à quoi sert d'être ministre de l'Environnement ? A enrichir de vos idées le débat politique ? Allons donc ! Vous l'avez dit vous-même : « La vie politique française est nulle et, si je vais au Parlement, c'est parce qu'il le faut bien. » A traduire en lois, décrets et mesures les aspirations du militant que vous étiez ? A d'autres ! Sur un sujet aussi essentiel que la sécurité nucléaire, vous savez bien avec quelle impertinente sévérité le Brice Lalonde de 1981 parlerait du ministre de 1992. Et que dirait l'ancien contempteur de l'administration du membre du gouvernement qui s'agite aujourd'hui pour faire enfler la sienne et créer le plus possible de services, d'agences, d'instituts, d'écoles, de commissariats et de directions ?

Certes, vous vous êtes attaché à une coordination utile et nécessaire de l'action publique en matière d'environnement. Mais n'importe quel gouvernement — comme on le voit dans les autres pays industrialisés – n'aurait-il pas été conduit à prendre les mêmes décisions ? Et cela valait-il qu'en abandonnant votre capacité à émettre des idées, à les faire circuler et à mobiliser ceux qui les partagent, vous contribuiez à accréditer l'impression que l'État est le seul initiateur possible de l'action ?

Vous voilà réduit à faire peindre sur votre voiture de fonction que son moteur consomme de l'essence sans plomb. Vous voilà ministre des Ours des Pyrénées. Treize plantigrades à l'heure où j'écris (car ils ne semblent pas avoir été rassurés par les décrets qui déterminent leur espace vital et, au mépris de la loi, ils ne se reproduisent qu'avec parcimonie, quand ils ne meurent pas), treize plantigrades dont vous n'avez pas craint de dire qu'ils font partie du patrimoine national au même titre que Le Mont-Saint-Michel ! Il est vrai que, depuis que Jean-Jacques Annaud lui a consacré un film anthropomorphique au succès immense, l'ours a conquis dans la vulgate de l'écologie médiatisée la place longtemps occupée par le bébé phoque et qu'il est plus facile de s'apitoyer sur lui que de dépolluer les rivières ou de s'assurer que l'on maîtrise au mieux le fonctionnement des centrales nucléaires. Vous êtes donc devenu le Jack Lang des plantigrades, et nul doute que les digitigrades puissent aussi compter sur votre sollicitude, dans un pays qui a davantage d'égards pour ses chats et ses chiens que pour ses vieux et ses pauvres.

D'ores et déjà, le ministère des Ours vous a valu une popularité parmi les plus hautes. Qu'en ferez-vous ? Pensez-vous que votre présence au gouvernement, rendue visible par vos quelques menaces d'en démissionner, vous a conféré assez de poids pour que votre mouvement « Génération écologie » compte sur la scène politique ? Vous pourriez bien en réaliser la démonstration aux élections régionales, en attendant les législatives. Avec « un petit coup de proportionnelle », vous avez calculé que vous pourriez tabler au moins sur dix élus, au mieux sur cinquante. Que feront-ils dans cette Assemblée où vous n'allez que « parce qu'il le faut bien » ? Joueront-ils les forces d'appoint ? Dans ce cas, après avoir abandonné votre critique de l'État, vous n'auriez plus qu'à oublier votre critique des partis. Serviront-ils à vous conférer davantage de crédibilité dans une future élection présidentielle ? « Je me représenterais bien, avez-vous déclaré à un journaliste. C'est une habitude que l'on prend facilement. » Une habitude, monsieur le ministre ? Vous souvenez-vous de la définition que Maupassant donnait de ce mot ? « C'est le pansement d'une âme qui, ne battant plus que d'une aile, s'envole moins vers son idéal. »

R a y m o n d
B A R R E

Monsieur le Premier ministre, c'est à la suite d'une grave erreur de jugement que vous êtes représenté en ours dans une émission satirique télévisée. Outre que personne ne vous imagine dormant à la belle étoile, il est clair que l'animal que vous évoquez le mieux est le chat. Les preuves de cette similitude abondent. Le chat a été vénéré par les Égyptiens, qui se rasaient les sourcils à sa mort. Il a été brûlé dans un sac au Moyen Age, où l'on craignait qu'il ne soit le diable. Votre carrière politique n'a guère évolué qu'entre ces deux extrêmes. Le chat ne se livre pas volontiers, voire pas du tout, et il donne à plaisir l'impression de jouir, ailleurs, d'une autre vie qui l'intéresse bien davantage. A la fin de votre thèse sou-tenue en 1949 sur *La Période dans l'analyse économique*, et saluée par les plus

éminents professeurs, vous aviez inscrit une phrase de Proust : « Je n'aime pas du tout les choses de l'intelligence ; je n'aime que la vie et le mouvement. »

Le chat aime à feindre, et à se jouer de la faiblesse d'esprit ou de la vanité de celui qui se croit son maître.

« Que fais-tu en ce moment ? » demandait un matou au persan de Mallarmé rencontré sur un toit. « Je feins d'être chat chez un poète. » Vous avez longtemps feint d'être chat chez Valéry Giscard d'Estaing, qui ne s'est pas encore remis d'avoir dû à ce point réviser sa conception de l'animal domestique.

Lorsqu'il vit en groupe, le chat cherche à en devenir le chef. Mais, contrairement à tous les autres animaux, « le pouvoir le lasse et il l'abandonne de lui-même ». Jean-Louis Hüe, le plus fin connaisseur des chats à qui j'emprunte ma science, nous dit même qu'il arrive que le chef des chats laisse un autre mâle dormir sur sa couche et l'imprégner de son odeur. Voilà sans doute pourquoi, bien que vous soyez parti bon premier dans la course à la présidence de la République en 1988, c'est un autre greffier qui ronronne aujourd'hui à l'Élysée. Un greffier, pourtant, avec lequel vous aviez joué comme avec une souris, lors d'un mémorable débat télévisé en mai 1977 dont François Mitterrand est sorti tout échaudé et où Jacques Chirac et ses amis réalisèrent que vous alliez devenir encombrant.

A force de jouer au plus fin et d'être celui qui s'en va tout seul et pour qui tous les lieux se valent, le chat a tendance à se prendre pour son portrait.

Il s'assoupit souvent sur son banc de l'Assemblée nationale, avec un air de satisfaction qui confine à la suffisance et lui donne un fâcheux air de notable. On se prend alors à penser que vous avez peut-être désap-

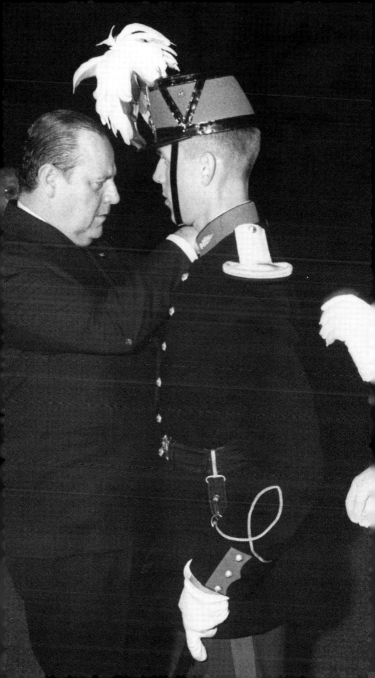

pris que le chat est un chasseur et un explorateur de lieux inattendus. On vous imagine achevant le cours de votre carrière sur un moelleux coussin d'opinions favorables exprimées dans les sondages, pas trop loin de cette source de chaleur qu'est le palais de l'Élysée, et vous abandonnant à votre compositeur de prédilection, Mozart, sans doute à un quatuor à cordes, sûrement en mineur, peut-être même à l'andante de sa *Sonate pour piano K 545*, dont les notes feutrées doivent être jouées à pattes de velours.

Mais peut-être allez-vous nous rappeler un jour que le chat est un félin, que ses réveils peuvent être terribles, qu'il peut avoir neuf queues et, dit-on, huit vies.

Raymond **BARRE**
(récidive)

Le 10 mars 1989, le *Journal officiel* publiait un décret disposant que M. Barre, Raymond, né le 12 avril 1924, professeur des Universités à l'Institut d'études politiques de Paris, atteint par la limite d'âge, était, sur sa demande, maintenu en activité en surnombre. Il est difficile aujourd'hui, monsieur le Premier ministre, de ne pas se demander si, entre votre situation universitaire et votre situation politique, il n'y aurait pas quelque analogie...

En surnombre, il me semble même que vous vous plaisez à vous y trouver par rapport à ce que vous avez baptisé le « microcosme ». « Je ne suis nulle part et j'y tiens beaucoup », avez-vous déclaré. Cela est bel et bon, et vous va bien au teint, mais un homme qui n'est nulle part peut-il donner envie qu'on le rejoigne ?

« Comme dans un western, avez-vous dit encore, je serai le cow-boy sur son

cheval en haut de la montagne en train de regarder le chemin où se pressent de très nombreux cavaliers. » Vous auriez pu ajouter « et qui les canarde volontiers au passage », car vos coups de griffe de matou qui dort ou qui fait semblant de dormir sur son banc de l'Assemblée n'épargnent ni « les poussières de groupuscule », ni « les incontinents médiatiques », ni « les folliculaires », ni « les ludions agités », ni « ceux qui cherchent des sigles pour présenter des candidats politiquement asexués ».

« Avant la recomposition, avez-vous dit, il faut la décomposition. » Vous y contribuez de votre mieux, avec cet air distant qui cache mal votre satisfaction, parfois votre autosatisfaction. Il n'en est pas moins vrai que des hommes qui ne se situaient nulle part se sont avérés des recours dans l'adversité. Vous cultiveriez volontiers un côté Winston Churchill. Mais de nulle part sont également sortis des personnages qui vieillissent en se contentant de distribuer de temps à autre des bons et des mauvais points à leurs successeurs. Il ne vous manque parfois qu'un chapeau pour avoir l'air du bon et inoffensif Antoine Pinay.

Entre Winston Churchill et Antoine Pinay, il y a un tel espace que notre perplexité croît. Les journalistes, comme c'est leur devoir, vous interrogent :

« Que pensez-vous de la politique de M. Rocard ?

– La politique de M. Rocard est rocardienne. »

Ah !... Et, là-dessus, quoique vous vous félicitiez de l'instauration de la contribution sociale généralisée, vous censurez le gouvernement « en raison des modalités d'application de cet impôt ».

« La France a-t-elle besoin de recomposer son paysage politique ?

– Il est nécessaire de constituer une force au centre,

mais elle ne saurait se réduire à ce que l'on appelle couramment le centre. »

Bon !...

« Vous proposez-vous une nouvelle fois d'occuper de plus hautes responsabilités ?

– On peut avoir une ambition et attendre les événements. »

Voilà le pays fixé ! Cependant, tous les jours, vos troupes s'amenuisent, et vous ressemblez à M. de Soubise qui cherchait son armée la lanterne à la main. Vous l'a-t-on prise ou l'avez-vous égarée ? « Les amis sont les amis, répondez-vous, et ils resteront toujours les amis. »

Dieu vous bénisse, nous y voyons plus clair !

Finalement, à force de compulser vos œuvres et déclarations, je me demande si le ressort de votre activité politique en surnombre ne doit pas être recherché dans ce premier prix d'instruction religieuse qui vous fut décerné en classe de seconde. Le sujet de la composition était : « Est-il déraisonnable ou antiscientifique de croire aux miracles ? » Malheureusement, votre réponse a été égarée.

Antoine WAECHTER

Monsieur le président (puisque, après un marchandage sans vergogne avec les socialistes du Parlement européen, votre élection à la tête d'une commission vous donne droit à ce titre qui, dit-on, ne vous déplaît pas), les propos de certains écologistes, tel le verjus, ont souvent eu pour effet d'agacer les dents des politiciens traditionnels. Plus que ce suc acide et verdelet, votre verbe a plutôt les vertus de la verveine que l'on vous imagine verser dans votre verre chaque soir, les pieds chaussés de pantoufles qui ne sauraient être de vair, car vous bannissez l'usage de la fourrure. J'ai dit verveine, j'aurais pu écrire Véronal, tant certains de vos discours ont de puissance barbiturique. Vous n'avez rien du vert-galant et pas davan-

tage du ver-coquin. Le premier attire tous les cœurs ; le second, ce n'est pas à un « ingénieur écologue » que je l'apprendrai, est un parasite qui donne le tournis.

A l'inverse de ces vertigos, ce que vous souhaitez incarner, c'est la véraison des écologistes, pour reprendre un terme agricole qui désigne la maturité. Certes, vos troupes se laissent encore souvent aller à ce que les psychiatres nomment la verbigération, joli vocable qui désigne le discours de certains malades atteints de manie, discours qui, selon la nosologie, se caractérise par son incohérence et son usage surabondant de néologismes... Mais cette verbosité ne vous gêne pas : l'« ultra-démocratie », par quoi se définit la règle de fonctionnement de vos assemblées vernaculaires, les conduit souvent à verser dans la cacophonie et le capharnaüm. Au milieu de ces dissensions versatiles, vous campez solidement sur votre bouclier, tel ce chef suprême que les Gaulois appelaient vergobret et dont leurs constantes querelles assuraient la longévité au pouvoir. Au reste, s'il leur venait des velléités de vous renverser, ils se verraient confrontés à une difficulté véritable : la fréquence de votre présence verbo-iconique (ou audiovisuelle, comme il vous plaira) vous assure désormais une notoriété qui vous permet de tenir vos verts sous vos verrous. *Volens nolens*, « gardarem lou Waechter », telle est, dans sa nue vérité, la situation à laquelle se voient condamnés vos camarades. C'est donc pour longtemps que l'écologie arborera votre visage de vert sévère et qu'à chacune de vos apparitions on craindra les verges.

C'est que, pour reverdir la société, autrement dit pour en réparer les défauts, loin de favoriser le dévergondage que représenterait un déverrouillage de la

contrainte administrative dans un pays qui révère les lois et les bureaux, vos rêveries versicolores vous portent à souhaiter gouverner la vie sociale et la vie tout court encore plus qu'elles ne le sont : cela donne le vertige. A peine seriez-vous aux affaires, dites-vous, qu'on vous verrait créer de nouveaux ministères : le ministère de la Paix, le ministère de la Population, le ministère de l'Espace rural et le ministère de la Nature et de la Vie. Un ministère de la Vie ! Imaginons ce qu'en aurait écrit Prévert. Je crains que vous ne représentiez le genre de vert qu'il aurait eu dans le nez. Cela ne vous aurait sans doute pas troublé. Envers et contre tous, il est dans votre nature – et vous l'avez manifesté dès l'enfance – de vous comporter en vert correcteur. « Conscientiser les gens » est votre maître verbe. « Conscientiser », ne serait-ce pas s'évertuer à cultiver chez autrui ce que les vers de Baudelaire décrivaient comme :

*Le long remords qui rit, s'agite et se tortille
Et se nourrit de nous comme le ver des morts ?*

Confier le gouvernail à un vert trempé comme vous l'êtes dans la culpabilité et la culpabilisation : quel calvaire en perspective ! Au diable vauvert vos bonnes intentions, et que nous importe que l'enfer qu'elles doivent paver soit un enfer vert ? Votre vernis d'aménité ne nous trompe plus depuis belle lurette. Ce n'est pas à la classe des vertébrés que vous appartenez, c'est à la race des vertébreurs, aux marchands de vertu qui vous refilent leur verroterie en vous plaçant sur la tempe un revolver chargé de morale. Dieu nous conserve à l'abri de ceux qui rêvent de conduire l'univers au bonheur ! Surtout que le vôtre paraît coupant comme le verglas et chaud comme l'hiver.

Vous croyez déguiser votre côté Vert-la-morale en versant dans la rêverie potagère. « Déjà, avez-vous déclaré, 42 % des Français ont un jardin et un verger ; permettons aux 58 % restants d'y avoir accès aussi. » Permettons ? Vous connaissant, ce verbe-là est trop poli pour être honnête, et vos invocations de trouvère des jardins légumiers évoquent irrésistiblement à des yeux avertis cette histoire qui se colportait naguère de l'autre côté du rideau de fer : lors d'un meeting, un orateur du Parti communiste décrit les diverses merveilles du paradis socialiste à venir, où se vérifiera l'adage « A chacun selon ses besoins » et où l'on verra de la viande aux vitrines de toutes les boucheries. « Et quelles sortes de viande ? » questionne un irrévérencieux. « Du bœuf, du poulet, du veau, du mouton, du lapin, petit verni !... – Je n'aime pas le lapin », vocifère l'insolent accroché à un réverbère. Alors l'apparatchik, vermillon de colère : « Tu en mangeras quand même ! »

Monsieur le président et révérend vert, tout converge à nous dissuader de nous convertir et de vibrer aux versets de vos sourates écologiennes. Vertuchou ! Vous êtes aussi avenant qu'un vérificateur des poids et mesures, aussi souple qu'un verre de lampe, aussi doux qu'un papier de verre. En vérité, je vous le dis, le jour où nous nous offrirons un vert, j'espère qu'il sera d'une autre pâte.

Pierre MÉHAIGNERIE

En politique et ailleurs, il n'y a que peu d'hommes dont on se sente certain qu'ils sont honnêtes, dont on ne doute pas qu'ils aient des convictions et dont on devine qu'ils mettent leur point d'honneur à faire preuve des mêmes vertus en public et en privé. Vous êtes de ceux-là, monsieur le ministre, et, au lieu de vous regarder avec une envie admirative, on vous considère en général avec une sympathie attendrie, voire apitoyée. C'est que, pour parodier l'Évangile, vous êtes Pierre, mais, sur cette pierre, on ne voit guère ce qui pourrait se bâtir.

Je cherchais à caractériser cette situation originale lorsque je suis tombé sur votre notice biographique officielle, dont la première indication se trouve être : « Ingénieur du génie

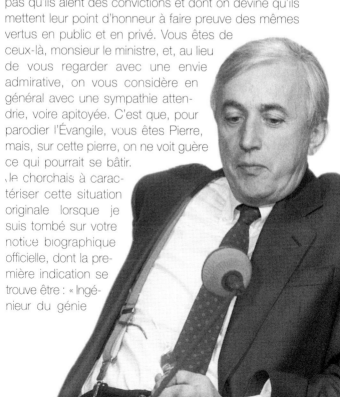

rural, *en retraite différée.* » Avouez que, si l'on était cruel, on s'arrêterait à cette retraite différée et on vous planterait là, considérant que tout est dit. Mais personne – à part, sans doute, M. Giscard d'Estaing – n'a envie d'être cruel avec vous. Au contraire, on aimerait comprendre – et peut-être même vous aider à comprendre – ce qui, dans la classe politique, vous fige dans cette position à la fois statique et fade de bon élève qui ne peut pas mieux faire.

Seriez-vous un de ces démocrates-chrétiens qui ne savent que brandir les principes et s'avèrent incapables de pratiquer les subtilités tactiques sans lesquelles il n'est pas de conquête ni d'exercice du pouvoir ? Nullement. Ministre de l'Agriculture, vous avez été, à Bruxelles, un négociateur redouté, et pas seulement pour votre connaissance technique des dossiers. Chef de parti, vous avez donné maintes preuves de votre habileté à marginaliser vos concurrents et à maîtriser votre appareil. A tel point que l'on pourrait même vous adresser le reproche inattendu de vous comporter souvent comme un cacique et de n'apprécier les projets de vos amis qu'en fonction de leurs conséquences sur votre position au sein de votre formation.

Manquez-vous pourtant alors d'une ambition personnelle plus haute que celle d'être le berger de votre troupeau centriste ? Cela se discute. D'un côté, vous avez affirmé à plusieurs reprises, en public et en privé, que Matignon vous siérait et que l'Élysée ne vous effraierait pas. Mais, de l'autre, vous avez une façon de parler de vous et de votre tendance politique qui me semble trahir le doute profond que vous ressentez quant à votre aptitude à être le premier et quant à la capacité de votre courant à entraîner les autres à sa suite. Parlant du centre et de ses rapports avec ses partenaires, vous avez dit : « Dans un sandwich, il vaut mieux être le pain que le jambon. » C'est avouer que, de toute façon, vous n'envisagez pas d'autre perspective que celle d'être mangé. C'est aussi courir le risque de vous retrouver un jour dans la situation où stagne M. Lecanuet depuis plus de trente-cinq ans et, dans le jambon-beurre-cornichon, de n'être ni le pain, ni le jambon, ni le beurre.

Vous revendiquez fortement une identité que vous définissez mollement. Vous vous proclamez « contre la politique politicienne », mais même Charles Pasqua n'est pas pour. Vous réclamez « une opposition constructive », mais qu'est-ce qui vous pousse parfois à voter avec vos adversaires, sinon le besoin de vous rappeler au bon souvenir de vos alliés ? Vous ne vous situez « ni à gauche ni à droite, mais en avant », région dont on se demande si elle est plus près d'ailleurs que de nulle part. Vous vous déclarez « contre le désert des idées et la jungle des ambitions », mais votre handicap semble plutôt être le désert des ambitions et l'incapacité de créer quelque chose comme une jungle des idées.

Finalement, vous paraissez tellement de l'avis du meunier, de son fils et de l'âne qu'il faut être bien malin pour trouver une prise sur une paroi aussi lisse que celle de votre « centre ». D'ailleurs, 20 % des personnes qui estiment appartenir à votre famille politique votent pour le Parti socialiste. Autant dire qu'elles vous considèrent plutôt comme un enjoliveur que comme une roue motrice. Vous le savez si bien que vous avez déclaré un jour être le représentant du « parti des zappeurs », c'est-à-dire des électeurs qui votent un coup à gauche et un coup à droite, selon les conditions de température et de pression. Heureusement pour vous, comme la plupart de vos déclarations, celle-ci est passée inaperçue. Vous avez ainsi évité le surnom de « zappeur Camember », en hommage à celui qui creusait un trou pour y ranger la terre du trou qu'il avait creusé précédemment, et ainsi de suite. Ce côté Sisyphe de bande dessinée, j'en ai peur, définit assez bien l'état présent de la Démocratie chrétienne dont vous êtes l'héritier.

Pour vos amis et alliés politiques, vous seriez plutôt à la droite ce que le phylloxéra est à la vigne, la tique au chien et l'ascaride à l'homme : un parasite interne qui vit aux dépens de son hôte et ne peut se développer en dehors de lui. Cette position ne fut-elle pas d'ailleurs reconnue par l'un de vos prédécesseurs, qui vous confia un jour : « Quand on est la droite de la gauche, on est continuellement réprouvé ; quand on est la gauche de la droite, on est le sel de la terre. » C'était peut-être légèrement optimiste, mais c'était, une fois de plus, reconnaître que votre tendance politique n'existe pas – ou plus – en elle-même et qu'elle est condamnée à regarder passer les plats, quitte à faire un croche-pied au serveur qui aurait oublié de lui laisser sa part à l'office.

L'engagement, pourtant, est l'un des maîtres mots de votre vocabulaire, comme il le fut pour vos inspirateurs, Marc Sangnier et Emmanuel Mounier. Un engagement dont vous soulignez souvent qu'il est « pensé », « réfléchi », voire « mûrement pesé ». Si pensé, si réfléchi et si pesé que vous évoquez pour moi le cochon qui se plaignait un jour à la poule : « Les œufs, pour toi, c'est un engagement partiel, disait-il à la volaille ; le bacon, pour moi, c'est un engagement total. » A peine ai-je écrit ces mots que je m'aperçois qu'à mon tour j'envisage que vous finissiez dans l'estomac d'autrui. Ce jour-là, comme dans *Le Sapeur Camember*, on écrira sur une pancarte : « Le centriste a été mangé. » Cela créera l'ambiguïté, une ambiguïté dont je crains qu'elle ne soit la seule forme d'espoir que vous puissiez entretenir...

Michel CHARASSE

Monsieur le ministre, qu'est-ce qu'un homme qui met tant de soin à paraître sans soins peut bien cacher derrière ses bretelles et ses éructations ? Ce sont des soins de l'esprit et du langage dont je veux parler, puisque, sur le théâtre de la politique, vous jouez le bonhomme Chrysale ; rehaussé de monsieur Sans-Gêne revu par le « Bébête Show ».

L'École nationale d'administration vous a retoqué deux fois à l'oral. On croirait, à vous entendre exhiber votre gouaille, que vous n'en finissez pas de prouver rétrospectivement à vos examinateurs qu'on peut atteindre les plus hauts postes de la République sans avoir de manières et sans méditer avec componction les

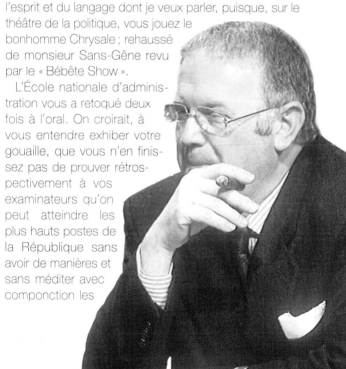

colonnes du *Monde*. Car vous faites profession de ne pas lire les journaux, ce qui est un mensonge comme vous les aimez : gros. Gros mensonges, gros rouge, gros cigares, gros appétit, gros cœur, dit-on, grosses colères, grosses plaisanteries, gros traits, gros coups, gros malin, gros travailleur, grosse légume, bon gros, grosse voix, gros yeux, gros tapage... Vous faites dans le gros comme don Quichotte dans le grand. Votre parure la plus recherchée, c'est le gros bon sens. Bien entendu, vous êtes assez gros filou pour savoir que le bon sens peut tout couvrir de son manteau et soutenir tout et son contraire, selon les besoins : « Tel père, tel fils » aussi bien que « A père avare, fils prodigue ». Le bon sens, c'est un genre qu'on se donne pour éviter d'avoir à s'expliquer. Vous vous en êtes bardé au point que vous avez l'air aujourd'hui d'être le Charles Pasqua de François Mitterrand et l'Édouard Leclerc du Parti socialiste. Sans minimiser la performance, reconnaissons que le poste n'était guère disputé.

Votre personnage, on aimerait être sûr que vous le maîtrisez, que vous n'en êtes pas devenu la dupe. Que vous racontiez à qui veut l'entendre – et même aux autres – que toute la philosophie du monde siège sous le képi du garde champêtre de Puy-Guillaume, d'accord : vous ne faites là que réciter votre texte. Mais que vous finissiez par le croire, c'est tomber de Pasqua en Toubon et de Leclerc en Poujade. Qu'à côté de tous ces énarques à qui chaque problème inspire deux sentiments et trois observations vous appeliez au secours la langue du café du Commerce, cela aère les débats. Mais vous avez une tendance marquée à vous comporter comme vous reprochez aux intellectuels de le faire, c'est-à-dire à considérer que bavarder d'une

question suffit à la résoudre. « Les mecs qui empoisonnent la jeunesse avec la drogue » et à qui vous aviez promis de « la leur faire bouffer » n'ont pas eu à trembler bien longtemps. Les banquiers dont vous avez dit qu'« ils ne pensent qu'à nous piquer notre blé » font preuve d'autant d'arrogance envers les petits qu'avant la gauche, tandis que certains, pourtant nationalisés, ont des aventures onéreuses avec des escrocs du cinéma qui leur auraient coûté la tête dans d'autres pays ou en d'autres temps. Quant à la réforme fiscale, nous sommes Gros-Jean comme devant. En revanche, votre manie taxatrice et contrôleuse s'étend, et s'enfle et se travaille. Quel autre esprit que le vôtre aurait pu imposer aux chauffeurs de taxi de conserver, trois années durant, le double des reçus de leurs courses ? Inventer une TVA sur les droits d'auteur ? Imaginer, comme moyen de débusquer les fraudeurs de la redevance TV, l'inquisition chez les abonnés de Canal Plus ?

Cependant, entre Raimu et Montfleury, la télévision, cette metteuse en scène sans imagination ni principes de notre vie politique, vous trouve volontiers un emploi. Cela ne vous ferait-il pas la tête plus grosse que le chapeau ? Vous accusez le président de la Fédération nationale des syndicats agricoles d'importer en douce du bétail étranger. C'était faux. Vous tonnez contre la SNCF qui n'a pas indemnisé la veuve d'une victime d'un accident de chemin de fer. C'était faux. Vous menacez des foudres du fisc deux journalistes parce qu'elles ont rapporté vous avoir entendu médire de votre collègue de la Justice. C'était vrai.

Il paraît que votre mère corse et votre père auvergnat vous ont élevé dans le respect des vertus républicaines.

Mais, passé votre adolescence, votre éducation a été complétée par quelques parrains. D'abord, par trois parlementaires du Puy-de-Dôme, 100 % SFIO, mais de cette SFIO dont on aurait pu croire que le sigle signifiait Solidarité, faveurs, immobilisme et opacité, et où l'on entrait plus facilement par la Loge que par la porte. Puis arriva dans votre vie l'un des rois de la découpe électorale, des majorités à géométrie variable et du coup de poing de préau d'école, j'ai nommé Gaston Defferre. Vous aviez appris la république ; ils vous ont enseigné le pouvoir. A vous voir brandir les intimidations fiscales et à entendre avec quelle gourmandise vous vous renseignez sur la vie privée de vos adversaires – et même de vos collaborateurs et de vos amis politiques –, force est de reconnaître que vous aviez des dispositions.

M. Mitterrand pouvait-il les dédaigner ? Gageons que, lorsqu'il apprit qu'à la chasse vous visiez de l'œil gauche tout en épaulant à droite, il sut que vous étiez de la glaise dont il pétrit ses fantassins. Il vous compte même désormais dans le dernier carré de ses lieutenants. Cela semble vous paraître si irréel, tellement au-dessus des ambitions que vous nourrissiez jadis que, pour vous convaincre que votre bureau de Bercy est bien celui d'un ministre, vous avez installé dans cette architecture sèche et cassante les rondeurs opimes d'un meuble Napoléon-III. Et vous avez gardé votre appartement à l'Élysée. Ainsi ne restez-vous guère longtemps loin de celui qui ne supporte plus dans son entourage que des gens qu'il a fabriqués *ex nihilo* et qui y retourneraient sans lui. « Vous me devez tout ! Je ne l'oublierai jamais. » Arrive-t-il à M. Mitterrand de vous adresser cette réplique de M. Perrichon au second prétendant de sa fille ? Qu'importe, monsieur le ministre, vous êtes arrivé.

Arrivé, ou parvenu ?

François
LÉOTARD

Monsieur le ministre, pendant qu'il commence à tourner sa plume dans son encrier, le portraitiste cherche à fixer ses idées en déterminant à qui il pourrait comparer son sujet. En ce qui vous concerne, l'image qui s'est imposée à moi est celle de Pinocchio. Comme vous vous le rappelez, la particularité de ce personnage fut d'avoir été créé par un autre pour être une marionnette et d'avoir voulu se comporter comme s'il s'était fait lui-même.

Des créateurs, vous en avez plus d'un. Votre mère corse, d'abord, qui entretint en vous la flamme de la vendetta et vous confia la mission de venger votre père, premier magistrat de Fréjus vingt ans avant vous, méchamment accusé par la rumeur d'avoir

mal distribué l'argent de l'indemnisation de la catastrophe de Malpasset. Puis vint Michel Poniatowski, qui fit de vous son laborantin alors qu'il préparait dans ses cornues les législatives de 1978. (Cette façon d'apprendre la politique ne cadre pas trop bien avec l'image d'idéaliste que vous aimez à donner en endossant la panoplie d'une sorte de Gérard Lenorman de la politique, qui vient périodiquement chanter devant les caméras un tube qui pourrait s'intituler *La Ballade des gens sympa.*) Valéry Giscard d'Estaing vous prit ensuite sous son aile. Vous auriez pu être pour lui ce que votre camarade de l'ENA, Laurent Fabius, est devenu pour François Mitterrand. Mais vous étiez pressé, et, après sa chute de 1981, il n'y avait plus grand monde pour parier sur l'avenir de l'auguste accordéoniste.

Un troisième homme – peu connu du public – misa alors sur vous et décida de pousser votre carrière, non sans l'arrière-pensée de tirer vos ficelles, le jour venu. Cet homme, Sir James Goldsmith, une manière de Tapie franco-britannique qui aurait de la branche, jouit d'une fortune considérable gagnée outre-mer dans l'industrie selon une méthode comparable à celle utilisée par le requin des *Dents de la mer* pour assurer la propreté des rivages. Il déploya sous vos pas l'hebdomadaire qu'il possédait alors en France. VGE avait commis l'erreur de ne pas faire de vous un ministre : cela avait ancré vos soupçons à son égard, mais, surtout, cela vous permettait de vous présenter comme un homme neuf. *L'Express* – puisque c'est de ce magazine qu'il s'agit – vous vendit comme tel. Journaux et télévisions lui emboîtèrent le pas. Ne le répétez pas, mais il m'arrive de me demander si Panurge ne devrait pas être le saint patron des journalistes…

A la mi-parcours du septennat de François Mitterrand, la gauche en appela – dans un vertigineux demi-tour idéologique – à l'entreprise, à la compétition, à l'efficacité, sous le nom générique de « modernité ». Involontairement, elle vous chauffait la salle.

De la modernité, en effet, il ne vous manque aucun des signes extérieurs. Je les cite en désordre : vous joggez, vous avez flirté jadis avec le PSU, vous portez des lentilles de contact, vous avez été à la CFDT, vous avez couru le marathon de New York, la ville dont vous êtes le maire a beaucoup de rues piétonnières, vous portez le moins possible la cravate, vous menez vos campagnes à l'américaine, vous vous définissez comme un homme fragile, vous vous considérez comme féministe, vous aimez les ordinateurs.

N'oublions pas qu'à toutes ces qualités s'en ajoute une autre : le supplément d'âme. Ce supplément est attesté par votre séjour chez les bénédictins. Nous

nous y arrêterons un instant : normalement, un homme qui entre au couvent pour finalement sortir de l'ENA est quelqu'un qui devrait inquiéter. Miraculeusement, dans votre cas, cela donne de la profondeur à votre personnage, d'autant plus que vous ne laissez échapper aucune occasion de déclarer que vous êtes constamment travaillé par la pensée de la mort.

En 1986, vous sembliez donc installé sur une formidable rampe de lancement. Hélas ! vous devîntes ministre ; et, depuis, tout se déglingue. Que reste-t-il de votre passage à la Culture ? L'assassinat de la Haute Autorité, la privatisation de TF1 et l'achèvement des colonnes de Buren. Que reste-t-il de votre passage à la tête du Parti républicain ? L'assassinat raté de Giscard et une assez belle collection de sincérités successives : vous avez fusillé Simone Veil et les rénovateurs pour créer ensuite un courant néo-rénovateur que vous avez finalement liquidé ; vous avez empoisonné Raymond Barre en 1988 : je veux bien que vous ayez voté pour le maintien de la peine de mort, mais je me demande si, dans votre passage à l'abbaye de la Pierre-qui-vire, ce n'est pas surtout le « qui-vire » que vous avez retenu.

Du coup, l'homme neuf a pris un coup de vieux, et vous apparaissez davantage comme un spécialiste malheureux de la mécanique interne des partis. Pour reconquérir votre place au soleil, ou pour exorciser l'échec, vous avez adopté un nouveau comportement, celui de l'homme qui n'est pas ce qu'on croit : la politique, dites-vous, n'est pour vous qu'un souci de deuxième ordre. Vous multipliez les déclarations en ce sens. « Je rêve d'écrire un roman » ; « J'ai de la sympathie pour les gens qui ratent » ; « Je voulais être gardien de phare » ; « Il n'y a que dans le désert qu'on puisse faire de vraies rencontres » ; « Si je suis heureux un jour, ce ne sera pas en étant président de la République ». Bref, vous pratiquez une sorte de *politicus interruptus* ou, du moins, vous en mimez la pratique en annonçant régulièrement que vous allez « prendre de la hauteur ».

Récemment, vous êtes revenu des hauteurs avec un livre où vous avez écrit votre dépit amoureux à l'égard de François Mitterrand. C'est sans doute la lecture de cet ouvrage qui m'a mis devant les yeux l'image de Pinocchio, également incapable de se passer d'un marionnettiste et de vivre avec lui. Est-ce que cela ne vous condamne pas à user de vos belles qualités pour détruire plutôt que pour construire ? L'une des choses qui rendent la politique respectable, c'est, monsieur le ministre, qu'on doit y affirmer des choix qui font courir le risque d'être absolument seul. Faute de quoi il me semble que l'on doit subir à perpétuité la condamnation à n'être que médiatique.

Michel DELEBARRE

Donc, monsieur le ministre d'État, après que certaines banlieues ont été agitées de secousses, vous voilà nommé ministre de la Ville. Un problème ? Et hop, un ministre ! Dépêchons-nous de nous étonner de cette moderne façon de gouverner avant que l'habitude n'en efface le caractère saugrenu. A force de croire que l'État peut tout, à la première grosse crise dans la chapellerie, on nommera un secrétaire d'État aux Chapeaux, voire aux Travailleurs du chapeau. A la longue, il faudra apposer dans la salle du Conseil une plaque pareille à celle que l'on voit dans les anciens wagons du métro : *Ministres assis : 44 ; ministres debout : 82...* Mais peut-être est-ce une façon de lutter contre le chômage ?

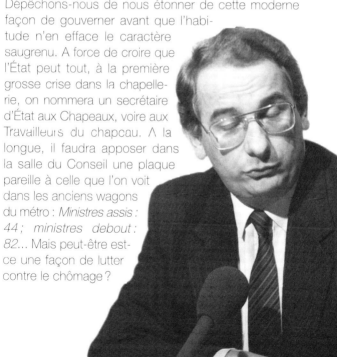

Vous vous trouvez dans la situation rare de diriger un ministère sans administration ni fonctionnaires. Cela vous donne à peu de chose près les mêmes moyens que Mme le secrétaire d'État chargée des droits des femmes. Encore bénéficie-t-elle, chaque année, d'une « Journée de la femme » qui lui permet de se rappeler au bon souvenir du gouvernement...

Pour « changer la ville », vous ne pouvez donc compter que sur vos propres forces. Elles sont remarquables, reconnaît-on généralement : bourreau de travail, modeste, direct, efficace, honnête, habile, consciencieux, j'en passe, et des compliments qui viennent de presque partout, car vous êtes, par-dessus le marché, un mauroyo-jospinien œcuméniquissime. Il n'y a guère que M. Fabius qui vous regarde de travers, sans doute parce qu'il envie votre bonhomie et qu'il s'inquiète de vos quarante-cinq ans, mais nous y reviendrons.

Toutes ces qualités et tous ces atouts vous ont valu, ces dernières années, d'être considéré comme un rénovateur potentiel du Parti socialiste, voire de l'action gouvernementale, mais ce potentiel ne tarde-t-il pas un peu beaucoup à se traduire en actes ? Depuis que l'on vous promet un bel avenir, celui-ci, comme l'horizon, ne recule-t-il pas au fur et à mesure que vous avancez ? D'autant qu'il m'a semblé que, à votre propos, le doute s'insinue.

Êtes-vous toujours l'homme de terrain et de contact que l'on décrivait au début des années quatre-vingt ou bien vos postes de responsabilité ont-ils fini par faire de vous un super technocrate, comme pourrait le faire craindre la manière dont vous avez traité le dossier TGV ? Êtes-vous devenu un notable surtout désireux d'accroître son pré carré, comme on l'entend dire dans votre chère région du Nord-Pas-de-Calais, où votre façon de servir, depuis Paris, d'abord Dunkerque, puis Dunkerque et, enfin, Dunkerque paraît injuste et menaçante à plus d'un? Bref, êtes-vous encore un homme de service ou êtes-vous devenu un homme de pouvoir?

Si nous parvenons à élucider cette question, il en restera une autre. En additionnant les Français qui ne vous connaissent que de nom, ceux qui ne pensent rien de vous, ceux qui déclarent ne pas vous connaître et ceux qui restent sans réponse à la question « Qui est Michel Delebarre? », on obtient 78 % de nos compatriotes. Et je n'ai pas compté ceux qui répondent en tout et pour tout : « C'est un ministre. »

Pourtant, vous n'avez pas souffert de sous-médiatisation. Qu'est-ce donc qui fait que vous gardez cette sorte d'incognito? Vous aimiez à dire – du temps où vous étiez Premier ministre *bis* – « je suis un homme qui aime l'ombre ». Elle vous le rend au centuple, ce qui risque de ne guère vous aider à vous imposer dans votre ministère à la Jules Romains.

Certes, pour réussir, vous disposez, en plus de votre énergie, d'une carte maîtresse : vous avez l'oreille du président de la République. Dieu croit en vous.

Et, comme il a toujours aimé, dans les cuisines du pouvoir, faire mijoter deux plats à la fois, peut-être est-il

en train d'en préparer un pour le quadragénaire Delebarre en même temps qu'un pour le quadragénaire Fabius, histoire de voir lequel a les yeux juste aussi grands que le ventre. Si tel est le cas, monsieur le ministre d'État, quand l'heure de souper avec Dieu sera venue, vous aurez besoin d'une grande cuillère.

J a c k
L A N G

Monsieur le ministre de la Culture, de la Communication, des Grands Travaux et du ci-devant Bicentenaire, quoi de plus naturel, pour esquisser votre portrait, que de chercher dans le répertoire le personnage qui vous conviendrait le mieux ? J'ai d'abord pensé à Dorante. Ce doit être à cause du titre des œuvres de Marivaux où il apparaît : *Le Préjugé vaincu ; Les Fausses Confidences ; L'Heureux Stratagème,* sans compter *Les Jeux de l'amour et du hasard,* où, presque socialiste, il déclare : « Le mérite vaut bien la naissance. »

Mais le Dorante qui vous conviendrait le mieux ne serait-il pas plutôt le bourgeois sémillant enivré par Paris et par la mode dont Corneille fit le héros de sa pièce

Le Menteur ? Un homme qui avait si bien compris d'avance ce qu'est la médiatisation qu'il déclarait : « La façon de donner vaut mieux que ce qu'on donne. »

Cependant, ce Dorante-là manque d'une dimension épique. Il n'a pas vu, comme vous, les Français franchir, le 10 mai 1981, « la frontière qui sépare la nuit de la lumière ».

Seriez-vous donc plus proche du fameux coq d'Edmond Rostand, Chantecler, celui qui croyait que son chant faisait se lever le soleil ?

Votre soleil, M. Mitterrand, semble parfois s'agacer de cette illusion. Il vous verrait plutôt en Vendredi, et lui en Robinson Crusoé. Mais il est peut-être votre Vautrin, et vous son Lucien de Rubempré, si l'on en juge par la quantité d'énergie et de deniers de la République que vous avez dépensée pour lui attacher la faveur des artistes qui ont appelé à sa réélection.

Les artistes, d'ailleurs, vous aurez été leur ministre bien plus que vous n'aurez été celui de la Culture ou de la Communication. Le regretté Claude François s'était acquis la reconnaissance des filles en leur chantant qu'elles étaient toutes « belles, belles, belles comme le jour », vous avez su vous inspirer de sa méthode.

Pour élargir votre clientèle, et donc celle de votre soleil, vous y avez ajouté le système du bon Dr Knock. Selon vous, tout homme qui sait l'alphabet est un écrivain qui s'ignore et quiconque s'admire dans son miroir a vocation à devenir un artiste subventionné.

Cajolant les uns et les autres, vous leur tenez des discours qui doivent beaucoup à Jacques Chancel pour leur forme et un peu à Frédéric Mitterrand pour leur fond. Disons que, par rapport à mes deux camarades, vous avez l'avantage de pouvoir distribuer de l'argent et des décorations. C'est ce que l'on pourrait appeler l'ordre des Arts, des Chiffres et des Lettres.

Pour veiller à ces distributions sonores ou trébuchantes, vous avez enrichi la tradition républicaine d'une nouvelle forme d'exercice de la responsabilité ministérielle, la forme conjugale. Mme Lang n'assiste pas (pas encore?) au Conseil du mercredi; elle n'en détient pas moins la moitié de votre portefeuille. Cela vous rapproche de nouveaux personnages : parfois de Charles et d'Emma Bovary; parfois Gustave et de Sidonie Verdurin. Rassurez-vous, je m'arrêterai avant les Thénardier. Dieu sait pourtant que vous savez être indifférent aux gens qui ne peuvent pas vous servir et dur envers ceux qui contrarient vos ambitions. D'ailleurs, sans avoir des yeux dans le dos, je sais que votre épouse me jette en ce moment un regard digne de Lucrèce Borgia.

Pourtant, monsieur le ministre, je ne fais ici que tenir le rôle du fou dont Shakespeare a parsemé son théâtre et

qui consiste à amuser le parterre. Le parterre, mais peut-être pas le poulailler, que l'on appelait autrefois le paradis. Les enfants du paradis, il y en a eu beaucoup pour croire que la gauche au pouvoir, ce serait l'enseignement des arts à l'école, l'opéra populaire et même un ensemble de télévisions qui les enchantent ou, au moins, qui les respectent. Ces grands enfants-là, monsieur le ministre, vous leur faites jouer l'un des plus vieux personnages du répertoire : le personnage du cocu.

Mais qu'est-ce que ça peut faire, puisque vous avez votre photo dans *Paris-Match*?

Charles FITERMAN

Monsieur le ministre, pour faire le portrait d'un oiseau, d'un oiseau de votre espèce, peindre d'abord la cage. Dessinée par Oscar Niemeyer, posée place du Colonel-Fabien, la vôtre est de verre et de béton (de béton précontraint, sûrement). Un vautour y règne. Un vautour aux allures de paon, un rapace que l'on a bêtement confondu avec un perroquet sans importance. Cet oiseau de malheur vous a pris sous son aile, il y a une trentaine d'années, et il vous a longtemps couvé dans l'idée de vous laisser un jour non pas les clefs de la cage – il ne les a jamais eues –, mais les secrets de la volière. Aujourd'hui, avec Georges Marchais, vous échangez des noms d'oiseaux. C'est à peine croyable, lorsque l'on se souvient de toutes

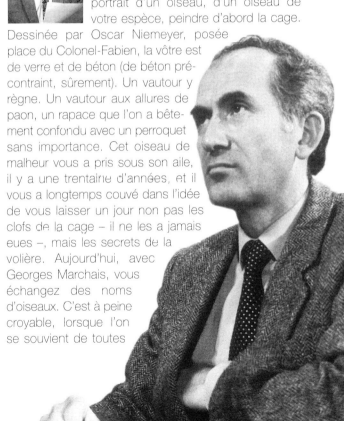

les besognes que vous avez exécutées dans sa basse-cour, *perinde ac cadaver*.

Vous avez assuré l'ordre, l'endoctrinement des cadres, la propagande, bref, vous avez occupé au Parti communiste le ministère des Vérités successives. Vous les avez maquillées, embaumées, fait disparaître, enterrées, déterrées, réenterrées sans la moindre émotion visible, votre éternelle expression de deuil sur le visage et vos costumes assortis.

Permettez-moi ici une parenthèse. On dit que les caméras ne mentent pas. Je crois que si, au moins par omission. Les photos de vous que publient les journaux et les images de la télévision nous donnent la vision exclusive et constante d'un Charles Fiterman plutôt atone et, sinon éteint, du moins perpétuellement en veilleuse. Le hasard m'a conduit un jour à monter dans un wagon de métro où vous vous trouviez déjà, debout, appuyé à la porte, côté voie. J'ai d'abord été amusé par la manière dont vous observiez à la dérobée chaque nouvel arrivant pour savoir s'il vous reconnaissait. Cette coquetterie on ne peut plus pardonnable m'a quand même paru dissoner avec l'austérité – voire l'ascétisme – et l'introversion qui, jusque-là, caractérisaient à mes yeux votre personnage public.

Elle jurait d'autant plus que vous laissiez involontairement paraître une grande gourmandise d'être reconnu et, lorsque cela n'était pas le cas, le nuage qui passait sur votre front vous donnait une expression de dureté qui ne m'était jamais apparue. Quelques mois plus tard, j'avais oublié cette brève rencontre. Elle m'est revenue en mémoire au moment où, préparant le portrait que j'ai l'honneur d'écrire de vous, je suis tombé sur cette anecdote : alors que vous occupiez le fauteuil de ministre d'État, vous vous êtes trouvé rouler sur l'autoroute d'Aquitaine, au volant de votre voiture, un week-end que vous consacriez à la détente ou à votre apostolat dans le parti. Vos fonctions ministérielles vous valaient le bénéfice d'une carte vous dispensant d'acquitter les droits de péage autoroutier. Au premier guichet, vous vous êtes aperçu que vous aviez oublié le coupe-file. « Je suis le ministre... », avez-vous plaidé auprès du préposé, qui ne voulut rien savoir et exigea de vous le paiement du droit de passage. Alors, rageusement, vous avez écrasé l'accélérateur et vous êtes passé en force, déclenchant la sonnerie d'alarme... Ce curieux épisode, faut-il s'y attarder ? Révèle-t-il que votre réserve placide n'est qu'une façade et que, derrière votre longue résignation de naguère à n'être que le sicaire de Georges Marchais, se cachait une nature violemment travaillée par la concupiscence du pouvoir ? Allons ! Abandonnons l'autoroute, puisque vous avez, depuis, trouvé votre chemin de Damas.

Un accident de voiture en revenant de la fête de *L'Huma* (cela se passe de commentaires à n'importe quelle sauce) vous a dessillé les yeux et vous avez publiquement rompu avec le dogme. « Ne nous présentons-nous pas comme des détenteurs de la vérité sacrée ? avez-vous écrit. N'y a-t-il pas, dans notre pratique, des formes de messianisme dont il serait temps de nous défaire ? » Pour un homme qui, il y a un peu plus de dix ans, défendait bec et ongles le fameux « bilan globalement positif des pays socialistes », quel voyage à rebours ! Pour un apparatchik devenu ministre qui organisait, entre 1981 et 1984, le noyautage de la SNCF par la CGT, quel renoncement ! Pour un zélateur de l'intervention soviétique en Afghanistan, quelle transformation !

Dans la manière que j'adopte de ne parler de votre conversion que pour rappeler aussitôt vos anciens errements, vous sentez bien, monsieur le ministre, que je n'y crois pas. Je me dois au moins de vous donner les raisons de ce scepticisme. La première est que vous n'avez toujours pas voulu admettre le fait, pourtant dûment prouvé, que Georges Marchais a volontairement travaillé chez Messerschmitt durant la guerre. Cette façon de refuser l'évidence peut-elle être autre chose qu'un moyen pour vous d'échapper au regard que vous observeriez dans votre miroir si vous reconnaissiez de quel homme vous avez été le plus fidèle appui ? D'ailleurs, et c'est ma deuxième raison de douter, lorsque vous reconnaissez en gros les erreurs du passé, c'est pour les absoudre en détail. Vous découvrez que les vingt et une conditions mises par Moscou à l'adhésion à la IIIe Internationale – et qui ont provoqué la scission de 1920 – ont été (je vous cite) « le point de départ de l'enfoncement ». Donc, vous demande-t-on, Léon Blum avait raison de s'y opposer ? Non, répondez-vous, « il faut se replacer dans les conditions de l'époque ». Chassez le naturel, et les bons vieux arguments du prêt-à-penser stalinien reviennent au galop...

Ces arguties désespérées et, si l'on veut, touchantes ne sont cependant, à mes yeux, que de peu de poids à côté de ce qui constitue le fond de vos déclarations de repentant. Chaque fois que vous examinez les crimes commis au nom du communisme, vous les déplorez uniquement en raison de l'impasse où ils ont aujourd'hui conduit votre ancien parti. « Cela a coûté cher au mouvement révolutionnaire, dites-vous, particulièrement au Parti communiste. » Cela a coûté cher d'abord à des gens, monsieur le ministre. A quarante millions d'hommes et de femmes qui y ont laissé la vie. A d'innombrables enfants qui n'ont pas vu leur père revenir d'un camp de concentration.

Que vous, Charles Fiterman, qui avez en vain attendu que le vôtre rentre un jour d'Auschwitz, n'ayez, dans toutes vos déclarations, pas eu un mot de compassion pour tous ceux qui ont subi les crimes du communisme léniniste ; que vous n'ayez jamais trouvé une parole exprimant que vous aviez conscience de leur souffrance, permettez-moi de vous dire que cela remet vos projets de refondateur et vos contestations de relaps à leur exacte place : celle d'un calcul politique dans lequel il n'entre pas une once d'humanité.

Valéry
GISCARD D'ESTAING

Monsieur le président, pour un portraitiste chargé d'être incisif, la difficulté, avec vous, c'est que vous n'avez que des qualités.

Mais la difficulté pour vous, me semble-t-il, c'est que vous ne parvenez pas, ou plus, à convaincre les Français de porter ces qualités à votre crédit, et ce n'est pas seulement depuis ou à cause de la fameuse affaire des diamants. Le phénomène est plus structurel, comme on dit à l'ENA, et je voudrais l'illustrer.

En 1974, chacun a pu trouver très juste que vous fassiez remarquer à M. Mitterrand qu'il n'avait pas le monopole du cœur. Mais, depuis, on n'a pas vraiment entendu battre le vôtre, et vous donnez l'impression terrible que la vie continue à être, pour vous, une collection de dos-

siers que l'on consulte dans un fauteuil anglais, en pantalon de flanelle et en chandail de cachemire double fil, voire triple.

Vous êtes le seul président de la République à avoir pris pour ministre quelqu'un qui, quelques jours avant l'élection, avait déclaré voter pour votre adversaire (Françoise Giroud, qui, depuis, vous l'a bien fait payer). Allez savoir pourquoi cet acte d'ouverture ressemblait au geste d'un *pater familias* qui aurait fait placer une chaise en bout de table pour une fille-mère repentie.

Vous avez modernisé la vie quotidienne des Français – la majorité, le divorce, l'avortement –, mais vous paraissez toujours surpris que les ouvriers spécialisés ne pensent pas à envoyer leurs enfants à Oxford et que les jeunes beurs ne se marient pas à l'église et en jaquette. Bref, si l'on vous trouve sincère, on est bien en peine de dire à quel propos précisément, et, si l'on vous sait démocrate, on sent bien que vous vous étonnez que les autres aient encore quelque chose à dire quand vous avez fini de parler. Il est vrai qu'un journaliste anglais a écrit de vous, pour résumer ces contradictions et cette distance entre l'être et le faire : « Valéry Giscard d'Estaing est un exhibitionniste timide. » Un exhibitionniste timide, c'est à peine plus efficace qu'un couteau sans lame. Mais cela consone assez bien avec la doctrine de l'« empirisme prospectif » que vous proposâtes jadis aux clubs « Perspectives et réalités ».

En commençant ce portrait, je n'ai pas dit toute la vérité. Vous avez un défaut. Tous vos amis le reconnaissent : vous êtes rancunier. Pourtant, il y a quelques années, vous avez déclaré : « J'ai jeté la rancune à la rivière. » Malheureusement, c'était au commencement des années de sécheresse, et M. Chirac ou M. Léotard

ont pu constater que votre rancune n'avait pas été emportée bien loin.

Malgré tout, ils essaient aujourd'hui avec vous de mijoter l'union. L'union m'a l'air d'être un légume qui a beaucoup de peaux et qui pique les yeux. Assez pour que vous n'ayez pas vu que la lecture à deux voix à laquelle vous vous livrâtes avec M. Chirac d'un communiqué de l'UPF sur la guerre du Golfe vous situait entre les Dupond-Dupont d'Hergé et les Toutenflûte et Courtecuisse du regretté Christophe, père de l'immortel Fenouillard.

Enfin, monsieur le président, de même que vos amis vous concèdent un défaut, vos adversaires vous reconnaissent une qualité : vous êtes très intelligent. Permettez-moi, à ce propos, de vous citer cet extrait d'une lettre écrite par Charles de Gaulle à l'un de ses professeurs, le colonel Émile Meyer, alors qu'il était en garnison en Allemagne, le 24 décembre 1927 :

« La vie de l'intelligence est en veilleuse à l'armée du Rhin. Cela vaut mieux d'ailleurs, car que faire avec l'intelligence, prétentieuse, impuissante ? Mars était beau, fort et brave, mais il avait peu d'esprit. »

Édouard
BALLADUR

Monsieur le ministre d'État, ministre de l'Économie, des Finances et de la Privatisation, votre célèbre chaise à porteurs carrossée par Plantu vous a déposé ce matin dans notre studio et il m'échoit de vous souhaiter une bienvenue en forme de portrait. Vous naquîtes aux rivages de la mer Égée, dans la ville que le Turc nomme Izmir et que le Grec appelle Smyrne. Smyrne évoque l'univers d'Albert Cohen, et vous auriez pu porter le surnom de Mangerouge, dit le privatiseur. Cependant, je vous imagine davantage dans le personnage de l'un des fameux oncles de Mangeoclous, celui que l'on surnommait « le Prudent ».

Smyrne fut aussi la patrie légendaire du regretté Homère et la ville natale du saint évêque martyr Polycarpe, dont on peut déplorer, monsieur le ministre, que vos parents n'aient pas songé à vous donner le prénom.

Polycarpe Balladur, en soi, cela sonne bien, cela donne le sentiment d'un personnage de quelque importance et, de surcroît, cela souligne certains aspects et certains contrastes de votre personnalité, polie mais carpe, puisque vous êtes fameux pour votre courtoisie, mais aussi pour votre discrétion comparable à celle des cyprinidés qui, dit-on, vivent cent ans dans l'eau boueuse de nos étangs, où ne nagent pas que des poissons herbivores, comme on le voit le mercredi après-midi à l'Assemblée.

Vous ne quittâtes Smyrne que pour Marseille, où vous poursuivîtes vos études secondaires, mais dont vous ne prîtes pas l'accent. Vous fîtes bien. Les privatisations annoncées avec les intonations de Charles Pasqua, cela aurait plutôt ressemblé à un hold-up. Mais, des deux villes si puissamment pittoresques où vous avez vécu, je me demande ce qui vous est resté... à part une élégance volontiers ostentatoire qui constitue l'un de vos petits mystères. Disons-le, vous vous habillez comme Pierre Brasseur et on vous donnerait plutôt les rôles de Paul Meurisse.

Avant d'être aux Turcs, Smyrne fut aux Byzantins, dont les discussions théologiques restent des modèles de sodomisation des mouches. Vous préférez trancher dans le vif, qu'il s'agisse de Constitution ou d'économie. Dès 1983, vous avez établi qu'un président de la République de gauche – enfin, c'est ce qu'il dit – et un Premier ministre de droite devraient co-ha-bi-ter. Aujourd'hui, M. Jacques Chirac semble ne pas vous en tenir rigueur, et M. François Mitterrand n'a pas songé à vous en remercier, mais, depuis Machiavel, on sait que l'ingratitude est le propre d'un prince qui se veut grand.

En économie, votre religion s'appelle libéralisme, mais

le capitalisme populaire dont vous portiez déjà les couleurs sous Georges Pompidou semble être resté coincé entre deux noyaux durs. En matière de culture, tout ce qui, en vous, respire le classicisme et les courbes évoque l'univers de Boucher ou de Fragonard. Vous présidez pourtant la Société des amis du Centre Pompidou, où sévit dès l'entrée la géométrie aigre de Vasarely, dont, par ailleurs, la peinture si violemment colorée offre surtout l'intérêt de sécher en moins d'une demi-heure.

Mais votre modernisme a ses limites. Lorsque l'on vous prépara, à Bercy, un beau bâtiment moderne pour y installer votre bureau alors ministériel, vous refusâtes de quitter le Louvre, comme s'il s'agissait d'un bien de famille menacé de pillage par les cosaques de la CGT.

On vous surnomma alors le « vice-roi du Pérou », personnage capital de *La Périchole* de Jacques Offenbach, où, par parenthèse, on chante un magnifique chœur intitulé « Chœur des courtisans ». Le « vice-roi du Pérou », lui, entonne dès le premier acte un air fameux sous le nom d'« Air de l'incognito ». Comme le prénom de Polycarpe vous siérait bien, je trouve que, tout compte fait, et malgré mes efforts, cet incognito vous enveloppe, et je vous prie donc, monsieur le ministre, de trouver bon que, pour le percer, je cède mon fauteuil à des confrères plus savants et mieux armés.

Philippe DE VILLIERS

Monsieur le ministre, je n'ai pas trouvé mieux pour essayer de vous définir que ce curieux paradoxe : vous êtes un gauchiste de droite. Très gauchiste et très à droite. Le paradoxe, reconnaissons que vous nous y avez habitués. Vous avez acquis une réputation d'homme moderne en rappelant à juste titre aux Français de quelle Terreur furent victimes les contre-révolutionnaires vendéens. Il est vrai que votre spectacle du Puy-du-Fou ne lésinait pas sur les ordinateurs, et, en vous couvrant de puces informatiques, vous êtes parvenu à dissimuler le vicomte qui fait semblant de sommeiller en vous. Ajoutons que vous avez été, dans votre camp, le premier à comprendre le parti à tirer des radios locales privées et à ne pas respecter les lois qui les régissent.

Ce modernisme activiste a suffi – si l'on ajoute votre relative jeunesse

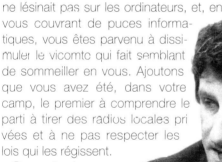

– pour que *Le Figaro Magazine* fasse de vous sa mascotte et rêve de vous voir un jour prendre l'Élysée. Semaine après semaine, le journal de M. Pauwels, l'adversaire du sida mental, explique que vous êtes bien autre chose qu'un homme politique : un personnage de roman. Un mélange de capitaine Fracasse qui chanterait la famille, de Pardaillan qui pourfendrait les sans-vertu, avec un zeste de Peter Pan qui irait à la messe.

Le tout devrait composer une sorte de grand réactionnaire moderne capable d'enlever à M. Le Pen une solide partie de ses voix et de les réarrimer à la bonne vieille droite civilisée.

Oui, mais, comme dit le proverbe vendéen : « Il ne faut pas compter les œufs dans le derrière de la poule. » Beaucoup s'interrogent sur ce qui se cache derrière vos moulinets d'escrimeur et vos talents de polémiste, et se demandent si vous n'allez pas faire « long feu », comme on disait, au temps de Cadoudal, des pistolets qui ne partaient pas.

En 1981, vous avez renoncé à vos fonctions de sous-préfet pour ne pas avoir à appliquer une politique que vous désapprouviez. On y a vu de l'honnêteté et du courage. En 1987, à peine un an après votre nomination au secrétariat d'État à la Culture, vous démissionniez. Vous aviez pourtant annoncé que vous ouvririez et dirigeriez quinze grands chantiers culturels et même que vous ramèneriez Maurice Béjart à Paris. En fait, tout ce qui reste de votre passage au gouvernement, ce sont quelques clips littéraires (!) réalisés, à votre demande, par Gonzague Saint-Bris ! Cela rend périlleuse même la critique de Jack Lang !

Vous vous élevez aujourd'hui contre les dessins animés coréens qui abîment les enfants de notre pays.

Mais vous étiez membre du gouvernement qui privatisa la chaîne qui en diffuse le plus... Vous voulez renouveler la droite, mais, aux dernières élections européennes, lorsqu'il s'est agi de constituer une liste de rénovateurs, vous êtes parti cueillir des fraises... Vous vous êtes rangé tour à tour parmi les partisans de M. Valéry Giscard d'Estaing, avec les amis de François Léotard et au nombre des supporters de Raymond Barre. Quand on sait les sentiments que se portent ces trois personnages, cela suppose, comment dirais-je... une certaine agilité d'esprit. D'agilité à agité, il n'y a pas loin, monsieur le ministre, mais je reste, si inattendu que cela vous paraisse, du même avis à votre sujet que *Le Figaro Magazine*. Vous êtes autre chose qu'un homme politique. Vous seriez plutôt un adolescent.

Michel ROCARD

Monsieur le Premier ministre, ce n'est pas pour me vanter, mais hier, dimanche, alors que je m'étais emparé d'un livre pour finir de le colorier, Ivan Levaï, dont dépend ma maigre pitance, m'a passé un impérieux coup de téléphone (je cite) : « Meyer ! Le Premier ministre vient demain au pied levé : 1° tâchez de le faire sourire, cet homme a des soucis ; 2° ne l'importunez pas, ce n'est pas souvent qu'il vient à France-Inter ; 3° faites court ; 4° exécution ! » (fin do citation).

La discipline étant la force principale du journalisme, et la servilité le meilleur

moyen de payer ses traites, je me suis mis à la tâche, monsieur le Premier ministre, de composer un hymne à votre gloire. Et comme votre directeur de cabinet a comparé naguère votre activité aux travaux d'Hercule, je m'apprêtais à raconter comment vous avez terrassé le lion de Némée en Nouvelle-Calédonie, coupé les têtes de l'hydre de Lerne du CDS de M. Méhaignerie, pris au piège le sanglier Mauroy d'Érymanthe en sacrifiant pour ce faire quelques centaures qui vous avaient éduqué dans le socialisme. Je me préparais à chanter comment vous avez saisi à la course la biche de Cérynie, qui, comme Élisabeth Guigou, avait des pieds d'airain, abattu les oiseaux du lac de Stymphale, qui volaient pourtant plus haut que M. Chevènement, capturé le taureau de la Crète qu'avait laissé échapper M. Nallet pour le compte de M. Mermaz. J'allais dire comment vous dérobâtes les juments de Diomède, qui les nourrissait de la chair des étrangers et qui, je crois, portait un bandeau sur l'œil ; comment vous conquîtes la ceinture de la reine des Amazones, qui se prenait pour Édith Cresson ; comment vous subjuguâtes le troupeau des bœufs de Géryon qui tenait congrès à Joué-lès-Tours ; comment vous vous emparâtes des pommes d'or des Hespérides pendant la sieste digestive de M. Charasse ; comment, enfin, vous accompagnâtes Cerbère des Enfers jusqu'à l'Élysée (le voyage dans l'autre sens étant toujours possible).

J'allais même ajouter quelques travaux que le public pourrait à tort croire mineurs, comme d'avoir fait de M. Georges Sarre un ministre et d'avoir empêché M. Bernard Kouchner de déclarer cinq ou six guerres sans avertir le gouvernement.

C'est alors que je me rendis compte, monsieur le Premier ministre, qu'il restait un douzième travail à Hercule Rocard : nettoyer les écuries d'Augias de la Sécurité sociale. On me dit que vous allez vous y attaquer sous la forme d'une contribution fiscalisée qui n'est pas un

impôt : attention ! ne confondons pas la phtisie et la tuberculose.

Pour établir cette CSG, vous vous flattez, ai-je lu, de l'appui de deux gros syndicats, la CFDT et la FEN, et même du soutien de M. Raymond Barre.

Pourtant, monsieur le Premier ministre, vous éprouvez quelques difficultés dans cette entreprise. Permettez-moi de vous dire que c'est votre faute : vous avez omis une chose capitale, vous avez lancé la contribution sociale généralisée sans vous assurer du soutien préalable de Patrick Poivre d'Arvor !

Georges **FRÊCHE**

Monsieur le maire, arrivant, il y a quelques années, dans votre bonne ville de Montpellier en proie alors (et encore aujourd'hui) à l'agitation bâtisseuse qui est la vôtre, je découvris une façade de pierre blonde sur laquelle tombait un voile d'eau qu'encadrait un portique imité des anciens Grecs. J'interrogeai peu après l'un de vos administrés sur la nature et la fonction de cette construction altière. « Ce n'est rien, me répondit le drôle, ce n'est qu'un fronton du tombeau que notre maire se fait construire. » *Non era vero, ma cosi bene trovato...*

Face au théâtre, la place de la Comédie, longue dalle en forme d'œuf interdite par vos soins aux automobiles, paraît ne plus attendre que votre statue.

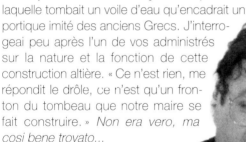

Gageons qu'elle finira par l'accueillir, et peut-être de votre vivant. Vous serez nécessairement représenté en toge. Officiellement, on dira que c'est l'habit que vous revêtez pour dispenser vos cours d'histoire du droit et de droit romain ; *in petto*, chacun sera libre d'y voir plutôt le vêtement de quelque César, sous l'effigie duquel on pourrait inscrire ce vers de Juvénal : *Sit pro ratione voluntas*, « que ma volonté tienne lieu de raison »... Car Montpellier, qui bouda si fort le roi Louis XIII et n'eut d'affection que contrainte pour son fils Louis XIV, Montpellier s'est donné un roi-soleil.

Depuis 1977 que vous gouvernez la patrie de Cambacérès, le jouisseur rusé, et d'Auguste Comte, l'austère inventeur de la physique sociale, vous êtes devenu le premier maire de France, du moins si le classement s'établit à l'aune du bruit que vous faites et que l'on fait autour de vous, et au volume de béton utilisé. L'architecte chargé de traduire vos immenses desseins urbanistiques n'est certes pas Mansart. C'est même Bofill. Autant dire que le quartier Antigone, près du centre-ville, où l'armée vous fit cadeau d'un joli paquet d'hectares en abandonnant ses domaines, s'inspire davantage de la gare de Rome que de l'hôtel des Invalides. Vous aimez le monumental carré – cela vous a valu de désagréables comparaisons avec certains tyranneaux des pays communistes – et vous ne l'abandonnez que pour verser dans le style « centre commercial », adopté pour la construction de l'opéra de votre ville. Quant au Zénith, que vous avez fort justement placé à la périphérie, son architecte a sans doute trouvé l'inspiration en contemplant les bâtiments provisoires de quelque camp de réfugiés, à moins qu'il n'ait été formé chez Jean-Claude Decaux à dessiner des abribus et des chalets de nécessité.

Votre fièvre de bâtir – pour ne pas dire l'éréthisme de vos érections – vous est montée à la tête, et il n'est pas d'assemblée devant laquelle vous ne compariez Montpellier aux grandes cités de la Renaissance. Florence vous vient souvent à la bouche. Il est vrai que les combats que se livrent les socialistes de votre fédération ont plus d'un point commun avec ceux des guelfes et des gibelins... Vous ne perdez aucune occasion de vous gausser de « Chouchou-Fafa » puisque ainsi vous nommez l'ancien président de l'Assemblée nationale, dont les partisans, nombreux dans l'Hérault, ne manquent, de leur côté, aucune occasion de vous lancer des crocs-en-jambe. Dans la foulée de vos puissants anathèmes, on trouve encore les jacobins de tout poil, les Parisiens – parmi lesquels vous rangez à juste titre ce faux cul terreux qu'est Michel Charasse –, les défenseurs de notre division administrative en départements, que vous jugez archaïque et responsable de beaucoup de nos pesanteurs politiques et économiques, les adeptes de la gauche caviar (mais reste-t-il une autre gauche ?) et même – *horresco referens !* – le président de la République lui-même.

Celui-ci ne vous aime pas. On pardonne rarement à un autre les erreurs qu'il vous a vu commettre, et François Mitterrand, qui vous avait assuré que vous n'enlèveriez jamais la mairie de Montpellier, déteste au plus haut point se tromper dès qu'il s'agit de science électorale. Il ne vous aime pas, peut-être aussi parce que vous n'êtes pas sans points communs. Parfois même, vous paraissez le double inversé, tonitruant et expansif, de votre aîné sec et réservé : après tout, vous lui reprochez de ne pas tolérer les têtes qui dépassent, de décider seul et de ne s'entourer que de courtisans. Pour quelles autres raisons vous a-t-on surnommé « Fréchescu » et Montpellier « Frechopolis » ?

Cependant, vous avez la main plus heureuse que la sienne, et les Montpelliérains, un peu plus nombreux, lors de chaque scrutin municipal, à vous porter leurs suffrages, sont moins atteints qu'ailleurs par la morosité. Vous ne manquez certes pas de chômeurs, mais, dans bien des secteurs modernes de l'économie, vous ne laissez guère passer de possibilités de créer des emplois. Et, comme vous avez été l'un des premiers à comprendre que l'on peut trouver à Bruxelles autant et parfois plus que dans les ministères parisiens, votre mauvaise tête ne vous prive pas de subventions : Paris ne voulait pas de votre aéroport international, c'est Bruxelles qui l'a financé. Montpellier n'a que peu de chances de devenir Florence, mais à quoi bon devenir Florence si l'on a déjà confié son destin à un Florentin ?

Sur le terrain social, vous n'êtes pas trop malheureux : votre Antigone manque de grâce, mais du moins y avez-vous réussi un certain métissage social, à l'opposé de bien des quartiers nouveaux d'autres villes. Quant à vos démêlés avec vos employés municipaux, à qui vous avez repris le bénéfice des trente-cinq heures payées comme trente-neuf, reconnaissons que la démagogie n'était pas de votre côté.

Dans le domaine culturel, si cher à notre président, vous êtes également plus riche que lui en bonheurs, et de toutes sortes. Votre opéra ne le cède pas en laideur à celui de la Bastille, mais au moins les productions que l'on y donne ne sont-elles pas obérées par un gigantisme ingérable. Si jeune qu'elle soit, sa scène a déjà bonne réputation, et rien qui sente la province. La compagnie des Treize-Vents, qui siège à Montpellier, compte parmi les plus fines et les plus fécondes de nos troupes théâtrales. Les Parisiens l'applaudissent régulièrement. Votre festival de danse est internationalement apprécié. L'orchestre symphonique de votre ville fait bonne figure. Le festival d'été, que vous avez créé avec Radio France, ressemble à ce que doit être un festival : un foisonnement de manifestations de bonne ou d'excellente tenue, dans une atmosphère de plaisir. Bref, si vous êtes despote, c'est despote éclairé.

Éclairé et malin. Mauroyo-jospino-rocardien dans votre parti c'est-à-dire l'ami de tout le monde – sauf de « Chouchou-Fafa » –, vous compensez à Montpellier l'hostilité de vos camarades de l'Hérault par des alliances variables, naguère à gauche, aujourd'hui au centre et même, s'il le faut, un peu plus à droite, pourvu que cela contente les 30 000 rapatriés d'Algérie qui comptent dans votre électorat. Et, quand il faut donner dans le populisme, mon Dieu…

Donc, monsieur le maire, peu de socialistes peuvent se dire aussi gâtés que vous par la fortune. Cependant, vous n'êtes pas ministre et, bien que vous ayez déclaré préférer « être le premier à Capoue que le second dans Rome », vous le répétez trop pour qu'on ne voie pas que vous en souffrez. Allons, prenez patience : à l'automne 1991, venu pour discourir devant une assemblée de patrons de presse, le président de la République a prononcé votre éloge en termes chaleureux et vous a accordé un long tête-à-tête. Pour ne pas disparaître dans un naufrage, il lui reste bien peu d'hommes neufs et qui aient réussi. Quelque chose me dit que vous aurez bientôt votre billet de logement pour un palais ministériel, d'où vous pourrez rêver à la rue de Varenne. Ne venez pas alors vous plaindre de ce que vous étiez plus heureux à Montpellier, loin des imprévisibles calculs de François Mitterrand. On aurait trop beau jeu de vous répondre : « Vous l'aurez voulu, Georges Frêche, vous l'aurez voulu... »

Georges
MARCHAIS

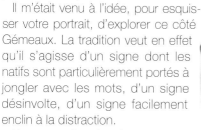

Monsieur le secrétaire général, vous êtes né sous le signe astrologique des Gémeaux, qualité que vous partagez avec le regretté Blaise Pascal, qui écrivit : « Nous courons sans souci dans le précipice, après que nous avons mis quelque chose devant nous pour nous empêcher de le voir. »

Il m'était venu à l'idée, pour esquisser votre portrait, d'explorer ce côté Gémeaux. La tradition veut en effet qu'il s'agisse d'un signe dont les natifs sont particulièrement portés à jongler avec les mots, d'un signe désinvolte, d'un signe facilement enclin à la distraction.

L'aspect distrait de votre caractère a souvent été négligé. Il éclaire pourtant le fait que vous ayez pu sans penser à mal travailler chez Messerschmitt alors que c'était une usine allemande et qu'on était en guerre, parcourir les pays communistes et trouver leur bilan globalement positif, ou encore passer vos vacances en Roumanie sans remarquer que ce n'était pas une villégiature pour tout le monde.

Mais, malgré l'intérêt de cette piste astrologique du Gémeaux distrait, j'ai finalement renoncé à l'explorer plus avant. Il est infiniment probable, en effet, que vous n'accordez aucun crédit à l'astrologie, puisque vous êtes adepte du matérialisme dialectique.

Le matérialisme dialectique est une doctrine que résumait ainsi l'une de ces blagues politiques circulant en URSS et qui constituent l'un des apports les plus remarquables du communisme aux activités de l'esprit humain. Qu'est-ce que la science ? demandait cette blague. La science, c'est chercher les yeux bandés un chat noir dans une pièce obscure. Qu'est-ce que la philosophie ? La philosophie, c'est chercher les yeux bandés, dans une pièce obscure, un chat qui ne s'y trouve pas. Et qu'est-ce que le matérialisme dialectique ? Le matérialisme dialectique, c'est chercher les yeux bandés, et dans une pièce obscure, un chat noir qui ne s'y trouve pas et de s'écrier : « Je l'ai attrapé ! » Monsieur Marchais, depuis vingt ans, vous êtes l'un des meilleurs attrapeurs de chat noir qui ne s'y trouve pas. Dans la compétition avec les autres leaders communistes européens, je crois pouvoir dire que vous vous êtes rapproché, ces derniers temps, de la toute première place.

Comme l'éclairage astrologique, j'aurais volontiers poursuivi la métaphore du chat noir, mais je vois bien, à la mine sévère des confrères qui m'entourent, que nous ne sommes pas réunis ce matin pour faire de la zoologie. Nous sommes ici pour faire progresser la connaissance. L'enjeu de notre rencontre est en effet de déterminer à partir de quels symptômes on peut prononcer qu'un homme politique ou un parti sont en état de mort clinique ou de vie végétative. Le regretté Lénine pensait que cet état advenait lorsque : « En bas, on ne veut plus et, en haut, on ne peut plus. »

Pour ce qui est du bas, 1989 nous a abondamment montré qu'on ne veut plus, mais alors plus du tout, du communisme. Pour ce qui est du haut, on se demande ce que l'on peut encore. C'est pourquoi, monsieur le secrétaire général, je n'envie pas les confrères qui vont vous interroger, car il est difficile de dire s'ils vont pratiquer une autopsie ou se livrer à la vivisection.

Jacques DELORS

Monsieur le président, il nous est difficile de reprendre notre souffle au lendemain de l'affrontement de Titans, au congrès socialiste de Rennes, entre les Hercule de la pensée que sont MM. Fabius, Jospin et Poperen, dont je me suis laissé dire qu'en raison de l'ouverture concomitante de l'Opéra-Bastille, avec l'œuvre de Berlioz, ils avaient été surnommés « les trois riens » (cela dit, à la Bastille, il y avait un chef d'orchestre). Toutefois, je m'efforcerai d'être à la hauteur de ces prodigieux débats et je profiterai, monsieur le président, de votre présence pour m'interroger sur la race d'hommes politiques dont vous êtes l'un des rares représentants encore en activité, j'ai nommé les cathos de gauche. On sait assez bien ce qu'un catho de gauche n'est pas : il n'est pas un démo-

crate-chrétien. Il en est même le contraire. L'histoire des cinquante dernières années de la vie politique française nous fait voir le démocrate-chrétien comme une sorte de pleureuse que des gouvernements le plus souvent à droite utilisent comme garniture de cheminée dans les palais officiels. Là, le démocrate-chrétien se tord les mains en déplorant de ne rien pouvoir faire. Mais si le démocrate-chrétien geint, le catho de gauche, lui, gueule. Il gueule et il engueule, et d'abord ses propres amis. Il engueule les évêques, il engueule le pape, il engueule la gauche, les partis, les syndicats, il engueule tous ceux qui ne vont ni assez loin ni assez vite et qui se conduisent trop, à ses yeux, comme des institutions. Dans les années soixante, monsieur le président, vous ne vous êtes privé d'engueuler personne, le plus souvent dans les colonnes de la revue *Esprit*, à qui il faut bien dire que la gauche doit une partie de son honneur, notamment pendant la guerre d'Algérie. Un jour, dans un rapport du Conseil économique et social, vous avez engueulé la société de consommation. Ça nous rajeunit bien. Pierre Massé, le commissaire au Plan de l'époque, a apprécié votre engueulade et il vous a nommé auprès de lui. « Je lui ai mis le pied à l'étrier, il a enfourché le cheval », déclarait-il vingt ans plus tard.

Pardonnez-moi si le temps m'oblige à faire galoper le cheval plus vite qu'il ne l'a fait, mais j'en arrive au moment où il vous a conduit jusqu'à un fauteuil ministériel en 1981. En principe, on donne à un catho de gauche un ministère social, pour ne pas dire un truc de curé, et on ne lui confie qu'un tout petit budget. François Mitterrand, qui n'en était pas à son premier coup tordu, vous a nommé à l'Économie et aux Finances en vous flanquant Laurent Fabius en serre-file. A ce poste,

vous avez dû vous appuyer les trois plus belles années d'ivresse idéologique de la gauche. Pierre Mauroy voyait les clignotants passer au vert comme d'autres voient des éléphants roses, Laurent Fabius apercevait la relance derrière chaque indice, et l'Élysée était assuré de la reprise économique internationale. La légende veut que vous ayez démissionné de vos fonctions une fois par semaine au début et trois fois par jour à la fin. D'autres prétendent que vous avez été une sorte de saint Sébastien et parlent à votre propos non pas de delorisme, mais de dolorisme, doctrine qui souligne l'utilité morale, voire l'excellence de la douleur. Le catho de gauche passe en effet volontiers pour maso de gauche. Vous avez donc couvert de votre manteau de rigueur trois dévaluations en deux ans, un dollar valant près de 10 francs, le blocage des prix, celui des salaires – inusité depuis plus de trente ans –, une augmentation du nombre des chômeurs, en trois ans, de 750 000, un endettement spectaculaire et un déficit du commerce extérieur qui ne lui cédait en rien. Ajoutons un emprunt forcé et l'institution d'un carnet de change pour prendre la mesure de l'amour que vous portez à la souffrance.

En principe, un catho de gauche est si suprêmement ambitieux qu'il nourrit l'ambition de se débarrasser de ses ambitions. Pourtant, on dit de plus en plus – et vous laissez dire – que vous vous verriez bien président de la République. Curieuse idée pour un homme dont le nom restera attaché à l'épiphanie de la Commission de Bruxelles, et à un poste, certes très difficile, mais qui semble taillé sur mesure pour un catho de gauche. N'est-ce pas un poste où il faut affronter des questions essentielles, un poste où l'on doit rappeler au gouvernement des Douze de voir plus loin que leur égoïsme, un poste où le spirituel devrait compter autant que le temporel, où les convictions et le réalisme ne devraient pas être en constante scène de ménage ? Vraiment, Jacques Delors, est-il raisonnable de quitter une telle charge et de songer s'aller jeter, tel Daniel, dans cette fosse marécageuse qu'est le Parti socialiste, où, comme on l'a vu au congrès de Rennes, les lions ont si bon appétit et où, comme on l'a observé depuis, les crocodiles qui ont signé la paix des braves n'attendent que votre venue pour recommencer à s'entre-déchirer ?

Simone
VEIL

Madame le ministre, s'il avait trouvé dix justes dans Sodome et Gomorrhe, Dieu eût épargné ces villes. A en juger par l'affection que vous portent tant de Français depuis plus de vingt ans, on peut penser que, si vous trouviez neuf hommes – ou femmes – politiques de votre acabit, nos compatriotes épargneraient à leurs élus les manifestations de leur désintérêt, quand ce n'est pas de leur dédain foudroyant.

Malheureusement, les hommes – et, plus encore, les femmes – politiques se gardent bien de passer alliance avec vous. Vos adversaires – et, plus encore, vos amis – vous ont enfermée de leur mieux dans un personnage assez proche de sainte Blandine.

De temps à autre, ils courent fleurir votre statue et s'en

retournent au plus vite à leurs tripots, souvent baptisés « café de l'Union ». Ce n'est pas qu'ils manquent de considération pour vous, expliquent-ils. Au contraire. A les entendre, vous êtes trop bien pour faire de la politique. On devrait vous offrir une charge sacerdotale laïque et nationale. Vous confier, comme jadis au professeur Leprince-Ringuet, un quart d'heure hebdomadaire à la télévision. Ou vous proclamer « Trésor national vivant », comme le font les Japonais quand ils veulent honorer l'un de leurs contemporains et le faire bénéficier du statut de monument historique. Mais, en tout cas, on ne devrait pas vous laisser poursuivre une activité politique. Remarquez qu'ils disent « activité » et non « carrière », car, pour la carrière, il paraît que vous manquez de dons.

Vous n'êtes pas lookée. On ne vous drive point. Vous ne vous couvrez pas d'étoffe bleue parsemée d'étoiles d'or afin que nul n'oublie vos convictions européennes. Vous ne vous faites pas photographier chez votre poissonnier ni l'aspirateur à la main, pour donner à entendre que vous êtes proche du peuple. Vous ne soupirez pas devant un micro que vous rêviez d'être George Sand, ou Jeannie Longo ou Marie Curie, pour que l'on pense que vous avez sacrifié une vocation au service du pays. On ne vous a point vue sur ces plateaux de la télévision où chacun se comporte comme après boire, et, si l'on vous invite à quelque interview, vous ne consultez pas les Turlupin, Gros Guillaume et Gaultier-Garguille de la publicité.

En plus, vous avez mauvais caractère. Du caractère, c'est déjà souvent trop pour les appareils politiques, mais du mauvais, cela ne vous laisse guère de chances. On vous a entendue dire « Merde ! », madame le ministre.

Et même – cela se peut-il ? – à des journalistes. Comment, feignent de se plaindre vos amis, pourrait-on travailler avec quelqu'un qui ignore à ce point la règle du jeu ? En outre, elle est inorganisée et, dès son jeune âge, les éclaireuses l'avaient totémisée « Lièvre agité ». Qu'on la cantonne donc à des travaux de Madone. Incarner la vertu ; personnifier l'Europe ; recevoir les enfants de harkis ; rappeler que la gauche ne possède pas le monopole du cœur et qu'en matière de féminisme vous êtes le caillou dans sa chaussure.

On vous a également préposée à réparer les pots cassés. Quand l'équipe des rénovateurs de la droite (qui comptait plus de Judas que d'apôtres) s'est pris les pieds dans les cordages de ses ambitions divergentes et de ses jalousies tous azimuts, c'est à vous, aidée de François Bayrou, qu'il échut de mener une liste, dans des conditions qui s'apparentaient à conduire un corbillard. Le résultat fut sans gloire. On le porta à votre débit. Auriez-vous connu le succès qu'on vous aurait payée en monnaie de singe ou en ingratitude.

Que voulez-vous, madame le ministre, vous avez commis une faute. Au moins une ou pas plus d'une, qu'importe, puisque c'était la seule qu'il fallait éviter. Vous avez déclaré, et très tôt, que vous n'étiez pas et ne seriez jamais candidate à la présidence de la République. Nul n'existe plus dans ce pays s'il ne possède pas ce pouvoir de nuisance qui consiste à mordre sur les chances d'un concurrent tout en chantant l'air de l'union unie des unitaires unifiés. Toute votre vie politique tourne autour du combat des chefs et des opérations de tri, de greffe, de croisement et d'hybridation entre les ex-candidats qui ruminent leur retour, les éternels candidats qui espèrent la venue de leur heure, le candidat élu qui ne veut pas de successeur, les candidats improbables qui prennent rang à tout hasard, les candidats de diversion qui monnaieront leur retrait au plus offrant, les candidats différés, les candidats *in petto*, les candidats brûlés d'avance, manipulés par des candidats plus vraisemblables, sans compter les candidats qui ne sont sur les rangs que parce qu'ils ne savent pas d'autre moyen d'exister que la candidature. Dans le vrai protocole, celui qu'a instauré la télévision, les candidats se partagent la deuxième place de l'État.

Vous n'avez pour carte de visite que vos réalisations d'hier et votre obstination à rappeler que la politique doit être affaire d'idées, de programmes, d'action, d'engagement. C'est dire que vous vivez dans les limbes. Dommage ! Je ne sais pas si vous avez ou non la tête politique, mais je me souviens qu'après l'élection municipale de Dreux, où le Front national commença à faire parler sérieusement de lui, vous avez été la seule à analyser sans complaisance les responsabilités de la droite et de la gauche dans la montée en puissance de Le Pen. Je ne sais pas si vous avez la tête politique, mais nous sommes nombreux à pouvoir citer de vous des actes de courage. Je ne sais pas si vous avez la tête politique, mais plus d'un, s'il fallait vous définir d'une phrase, soulignerait chez vous l'harmonie naturelle entre l'idéal politique et le comportement personnel. Je ne sais pas si vous avez la tête politique, mais vous démontrez année après année que, sans parti, sans communicateur et sans tous les calculs du paraître, on peut assurer dans la vie politique une présence forte et essentielle. Enfin, madame le ministre, je ne sais pas si vous avez la tête politique, mais vous incarnez un civisme si têtu que vous compterez longtemps et bien davantage que tous les avortons calamistrés qui, dans le secret de leur chambre à coucher, essaient tous les soirs les habits du président de la République et croient voir dans leur miroir l'image d'un homme d'État, alors que leur reflet n'est, le plus souvent, que celui d'un chef de bande.

VICTIMES

François Mitterrand, **7**
Jean-Marie Le Pen, **13**
Jacques Chirac, **21**
Roland Dumas, **29**
Jean-Pierre Chevènement, **33**
Laurent Fabius, **37**
Philippe Séguin, **43**
Édith Cresson, **49**
Jean-Louis Bianco, **55**
Bernard Kouchner, **59**
Pierre Bérégovoy, **63**
Brice Lalonde, **67**
Raymond Barre, **73**
Antoine Waechter, **81**
Pierre Méhaignerie, **87**
Michel Charasse, **93**
François Léotard, **99**
Michel Delebarre, **105**
Jack Lang, **109**
Charles Fiterman, **113**
Valéry Giscard d'Estaing, **119**
Édouard Balladur, **123**
Philippe de Villiers, **127**

Michel Rocard, **131**
Georges Frêche, **135**
Georges Marchais, **141**
Jacques Delors, **145**
Simone Veil, **149**

Du même AUTEUR

AUX MÊMES ÉDITIONS

L'Enfant et la Raison d'État
coll. « Points Politique », 1977

Québec
coll. « Petite Planète », 1980

Le communisme est-il soluble dans l'alcool ?
en collaboration avec Antoine Meyer
coll. « Points Actuels », 1979

Le Nouvel Ordre gendarmique
en collaboration avec Hubert Lafont
1980

Heureux habitants de l'Aveyron
et des autres départements français
coll. « Points Actuels », 1990

Ça n'est pas pour me vanter…
coll. « Points Actuels », 1991

Nous vivons une époque moderne
coll. « Points Actuels », 1991

Dans le huis clos des salles de bains
coll. « Points Actuels », 1993

Chroniques matutinales
coll. « Points Actuels », 1993

CHEZ D'AUTRES ÉDITEURS

Justice en miettes
en collaboration avec Hubert Lafont
PUF, 1979

Dans mon pays lui-même…
Flammarion, 1993

Les portraits de MM. Chirac (page 25), Chevènement, Kouchner, Bérégovoy, Barre (page 77), Delebarre, Lang, Giscard d'Estaing, de Villiers ont été lus par l'auteur en leur présence sur A2. Les portraits de MM. Chirac (page 21), Dumas, Barre (page 73), Balladur, Rocard, Marchais, Delors ont été lus par l'auteur en leur présence sur les ondes de France Inter.
Certains ont été partiellement revus et corrigés.
Tous les autres portraits de ce volume sont nouveaux et inédits.

Crédits Photos :

Page 7 : J. Pavlovsky/Sygma ;
9 : F. Apesteguy/Gamma ;
13 : R. Picard/Radio France ;
15 : J.-M. Turpin/Gamma ;
21 : R. Picard/Radio France ;
23 : J.-F. Laberine/Gamma ;
25 : R. Picard/Radio France ;
27 : C. Vioujard/Gamma ;
29 : P. Rochut/Radio France ;
33 : K. Daher/Gamma ;
35 : C. Vioujard/Gamma ;
37 : J. Guichard/Gamma ;
41 : F. Reglain/Gamma ;
43 : R. Gaillarde, J. Guichard, M. Pelletier/Gamma ;
45 : F. Reglain et W. Stevens/Gamma ;
49 : A. Buu/Gamma ;
51 : J. Giansanti/Sygma ;
55 : R. Picard/Radio France ;
59 : R. Picard/Radio France ;
61 : Ouest-France/Gamma ;
63 : G. Bassignac/Gamma ;
65 : F. Apesteguy/Gamma ;
67 : G. Rey/Gamma ;
73 : R. Picard/Radio France ;
75 : F. Lochon/Gamma ;
77 : P. Rochut/Radio France ;
81 : F. Apesteguy/Gamma ;
83 : F. Apesteguy/Gamma ;
85 : P. Rochut/Radio France ;
91 : Baverel/Gamma ;
93 : D. Simon/Gamma ;
97 : R. Picard/Radio France ;
99 : P. Aventurier/Gamma ;
103 : R. Picard/Radio France ;
105 : R. Gaillarde/Gamma ;
107 : R. Picard/Radio France ;
109 : W. Stevens/Gamma ;
111 : P. Aventurier/Gamma ;
117 : R. Picard/Radio France ;
119 : H. Bureau/Sygma ;
121 : R. Picard/Radio France ;
123 : G. Merillon/Gamma ;
125 : R. Picard/Radio France ;
129 : W. Stevens/Gamma ;
130-131 : Photo n° 266434 /Sygma ;
133 : P. Rochut/RadioFrance ;
135 : Buffet-Proust ;
139 : R. Picard/Radio France ;
143 : MABM/Seuil ;
145 : P. Versele (photo news)/Gamma ;
147 : R. Picard/Radio France.

Toutes les photos de Philippe Meyer en début de portraits sont des photos A2 (photographes : C. Deville, Y. Lorant).

RÉALISATION : PAO ÉDITIONS DU SEUIL
PHOTOGRAVURE : CHARENTE-PHOTOGRAVURE
IMPRESSION : MAME IMPRIMEURS À TOURS
DÉPÔT LÉGAL : JUIN 1994. N° 22508 (32329)